›Wolkenwort‹

Besondere Zeichen

Aus der Reihe: ›Eddy‹ und ›Mo‹ -
(Band VII)

Psychodrama

Sabine Grassy

Sabine Grassy

‹Wolkenwort›

Zeichen erkennen

Aus der Reihe: ›Eddy‹ und ›Mo‹ -
(Band VII)

Psychodrama

Roman

Impressum

Bibliografische Information der Deutschen Nationalbibliothek:
Die Deutsche Nationalbibliothek verzeichnet diese Publikation in der Deutschen Nationalbibliografie; detaillierte bibliografische Daten sind im Internet über http://dnb.dnb.de abrufbar.
© 2023 Sabine Grassy
Herstellung und Verlag: BoD – Books on Demand, Norderstedt

ISBN: 9783756852239

Die Autorin

Die Autorin wird nicht leise, wenn es um das Erzählen besonderer Geschichten geht, die nicht einzig Hundeliebhaber ansprechen.

Besondere Gefühle müssen gelebt werden, was in der schnelllebigen Zeit viel zu kurz kommt.

›Eddy und Mo‹ starten in die nächste ›Mission‹.

Eine ähnliche Geschichte wie die in ›Wolkenwort‹ ist ihr bekannt, jedoch sind die Hauptfiguren und die Inhalte - teilweise angelehnt an die wahre Begebenheit - in diesem Buch frei erfunden.

Eine Internetbekanntschaft, die hoffnungsvoll beginnt und in einer Tragik endet, erzählt von ihren Hunden in lebendiger Weise.

Der technische Fortschritt - Fluch und Segen zugleich.

INHALTSVERZEICHNIS

Story versus Gehalt?

Seit geraumer Zeit beschäftigen Eddy und ich uns mit der Frage, wie wir unsere Zeit konstruktiver nutzen.

Übereinstimmend hatten wir uns für die langweiligste aller Optionen entschieden, keine weitere ›Mission‹ in Angriff zu nehmen, bis der Tag kam - schneller als gedacht -, an dem uns ein Ziel zunehmend fehlte.

»Eddy? Wir sollten uns um Milena und Marvin kümmern«.

»Du meinst die Geschichte aus den Nachrichten? Wie willst Du sie ihm zurückbringen, wenn zahlreiche Aufrufe im Fernsehen ins Leere laufen?«.

»Interessiert es Dich nicht, wo sie sich aufhält? Vieles ergibt keinen Sinn. Milena trifft auf die große Liebe, ist monatelang vom Glück geküsst, schmiedet Zukunftspläne, um in einer Nacht- und Nebelaktion ihr privates und berufliches Umfeld zu verlassen?«.

»Ohne Frage ist die Materie spannend. Halte mich nicht für ein Weichei, wenn ich zaghaft anmerke, dass es verdammt schwer wird, mehr zu ermitteln als das, was bis heute der Öffentlichkeit bekanntgegeben wurde. Mir tut Marvin leid. Schaffen wir den mentalen Spagat, wenn sie keinem Verbrechen zum Opfer gefallen, sondern freiwillig gegangen ist?«.

»Sie verlässt von heute auf morgen ihre Familie und Freunde? Glaubst Du das und würdest Du ihm das ins Gesicht sagen wollen?«.

»Abschiede, Mo. Das haben vor ihr viele nicht anders gemacht. Probleme, die unlösbar scheinen, veranlassen Menschen zu derartigen Handlungen«.

»Wenn sie sich was angetan hat?«.

»Es gibt keine Hinweise, kleiner ›Grübel-Zwerg‹ - weder auf ein Verbrechen noch auf Suizid. Was hältst Du von der Idee, dass wir uns auf die Suche begeben? Milena wird bei zwei kleinen Hunden nicht befürchten, dass diese kleinen ›Flitzpiepen‹ ihre Flucht aufdecken«.

Ich denke kurz nach.

Interesse an einer aufregenden ›Mission‹ ist nicht zu leugnen, wäre ich nicht weit entfernt von einer Vision.

Ein Shih Tzu der Ahnungslosigkeit bringt die Welt ins Wanken.

»Sie wird sich nicht auf unser Grundstück verirren, und die Nähe ihrer früheren Heimat wird sie meiden. Wo sollen wir mit der Suche beginnen, Eddy?«.

»Mit keinem Wort habe ich gesagt, dass es leicht wird. Wir müssen mit ihrem Freund sprechen. Jedes Detail ist von größter Bedeutung. Hat die Polizei was übersehen? Ich schlage vor, dass wir ihm nichts von unseren Plänen erzählen, um keine Hoffnungen zu schüren, die sich später nicht erfüllen«.

»Ohne Erklärung wird er uns nichts erzählen. Hast Du nicht gesehen, wie fertig er ist? Ein Fünkchen Hoffnung könnte guttun«.

Dass wir diese Mission in Angriff nehmen, ist abgemacht, an der Umsetzung muss gefeilt werden.

Marvin lebt in einem Dorf in der Nähe, das mittlerweile durch zahlreiche Fernsehsendungen gut bekannt ist.

Dass wir unseren ›Mamas‹ vorerst nichts sagen, hat nichts mit mangelndem Vertrauen zu tun. Sie werden eingeweiht, sobald wir das erste Treffen hinter uns gebracht haben und feststeht, dass der Verzweifelte unsere Hilfe annimmt.

Ich hoffe, dass Eddy die erste Gesprächsbarriere abbaut, indem er Marvin erklärt, was wir planen.

Nachdem wir stundenlang über Ideen gebrütet haben und es spät am Abend ist, gehen wir früh schlafen, um topfit in unsere Rettung einer großen Liebe zu starten.

Auf zu Marvin

Mulmig ist uns zumute auf dem Weg in den kleinen Ort, aus dem Milena auf mysteriöse Weise verschwand.

»Wir wissen nicht, wo er wohnt, Eddy«.

»Ich vermute da drüben. Schau auf das Kamerateam. Hey Ihr - ist es in Marvins Sinn, dass Ihr ihn in seinem Schutzraum belagert?«, ruft mein Kumpel aufgebracht.

Ein Reporter, mehr als auffallend auf eine reißerische Geschichte aus, fühlt sich sichtlich gestört in seiner Arbeit.

»Haut ab« reagiert er unwirsch. »Der Verbrecher lässt sich nicht blicken, wie sollen wir ihn um Erlaubnis bitten?«.

Spontan greife ich ins Geschehen ein. Im Lügen habe ich mich um Welten verbessert.

»Euren Job will ich haben! Fürs Nichtstun am Ende des Tages ein gefülltes Portemonnaie. Ihr steht Euch die Beine in den Bauch, während Marvin verreisen musste, um den Kopf freizukriegen. Hier erinnerte ihn alles an seine Freundin. Komm, Eddy, wir gießen seine Blumen an einem freieren Tag«.

»Nicht so schnell«.

Erstaunlich, wie fix dieser Mann auf (s)ein freundliches Gesicht umschalten kann.

»Ihr wisst, wo er sich aufhält?«.

»Wir dürfen nicht darüber sprechen«, haut mein Kumpel in die gleiche Kerbe, der verstanden hat, was ich beabsichtige.

»Schaut her«. Der Typ hält uns zwei Zeitungsberichte unter die Nase, aus denen klar ersichtlich ist, dass es Hinweise auf den Verbleib von Milena gibt. Eine Augenzeugin hat bei der Polizei detaillierte Angaben gemacht. Mehrere Male sei dort eine Frau gesehen worden, die der Beschreibung entspricht und sich auffällig unsicher verhalten hat, als wolle sie nicht entdeckt werden.

»Wir müssen von Herrn S. wissen, ob ihm Verbindungen zu diesem Ort bekannt sind.

Einzig er kann beantworten, ob seine Freundin im Ausland Freunde und Angehörige hat«.

»Die Polizei ist dran«, reagiert Eddy lapidar.

»Bis die was erreichen, spüren wir sie zehnmal auf. Herr S. wird dankbar sein für jede Information, die wir ihm überbringen. Bitte sagt mir, wo er sich aufhält«. Der Mann lässt nicht locker.

Auf stundenlange Konversation haben wir keine Lust und es ist an der Zeit, den Aufenthaltsort auszuspucken.

»Er ist im Schwarzwald. Dort lebt seine Cousine. Ihren Namen kenne ich nicht. Wenn ihn jemand herausfindet und die Adresse noch dazu, dann Ihr«.

Wow, standen bis zuletzt noch alle wie angewurzelt vor dem verlassen wirkenden Haus, wuseln sie schlagartig durcheinander, packen ihr Equipment und rennen zu ihren Fahrzeugen.

»Danke« ist das Letzte, was wir hören.

Hierfür nicht.

Viel Spaß im Kurzurlaub.

Als ich zur Haustür rennen will, werde ich von Eddy zurückgehalten.

»Warte einen Augenblick. Nicht, dass sie zurückkommen«.

Unsere Schnupper-Pause im Vorgarten wird jäh unterbrochen, als sich die Tür öffnet und ein sympathisch wirkender junger Mann zu uns blickt.

»Das ist er«, stößt mich mein Buddy an.

Auch ich erkenne ihn aus den Nachrichten und schaue erwartungsvoll in sein Gesicht.

»Wie habt Ihr das hinbekommen? Seit Tagen fühle ich mich gefangen, weil die Reporter sich in ihren Belagerungen abwechseln. Und Euch gelingt es, dass sie geschlossen unser Dorf verlassen? Beeindruckend und befreiend in gleichem Maße. Ich mag nicht mehr reden, was sie nicht respektieren. Wollt Ihr was trinken? Man sagt Euch Hunden nach, dass Ihr uns versteht. Nickt bitte«.

»Hey, wir sprechen überdies. Wasser und Leberwurst bitte«.

Entsetzt guckt er mich an und ist nicht zu begeistern von unserer Fähigkeit, uns verbal mitzuteilen. Wie gern würde er schweigen. Gefangen in seiner Traurigkeit gelingt es ihm derzeit nicht, über Milena zu reden.

»Es macht Dich krank, alles herunterzuschlucken, mein Freund«, wendet sich Eddy ihm zu. »Lass raus, was Dir wehtut. Wir sind nicht zufällig bei Dir. Mo und ich sind ›Traumdeuter‹ und ›Wunsch-Erfüller‹. Wir bringen Dir Milena zurück, wenn wir auf Deine Mithilfe zählen können. Hilfreich wäre es, dass wir viel mehr von Eurer Geschichte erfahren als die spärlichen Informationen aus den Medien, die uns bekannt sind«.

Marvin bittet uns ins Haus und kredenzt uns ein Frühstück.

Seine Bereitschaft, mit uns diese Suchaktion in Angriff zu nehmen und die Erleichterung, dass wir nicht an einen Todesfall glauben, läutet unsere ›Mission 2023‹ ein.

»Es tut weh, dass alle von einer Leiche sprechen, die nicht gefunden wurde und dass wildfremde Menschen mein Leben auf links drehen. Ich kann meine Zeit ohne Milena nicht mehr sinnvoll füllen. Bis zu ihrem Verschwinden war alles schön. Zugegeben, es gab kleinere Probleme wie in jeder Beziehung. Keine Auseinandersetzung war so gravierend, dass sie mir erklären könnte, warum sie gegangen ist. Zuletzt wurde sie in Spanien gesehen. Wie ein Irrer habe ich ihre Handynummer gewählt, obwohl das Ding seit dem ›schwarzen Tag‹ ausgeschaltet ist. Sie wird sich ein neues zugelegt haben. Warum gibt sie mir keine Chance, mit ihr zu sprechen? Ihre Beweggründe, ich muss sie erfahren, um zu verstehen, was zu diesem Schritt geführt hat«.

Eddy und ich legen uns gesättigt auf den flauschigen Wohnzimmerteppich.

Mein Blick bleibt an einem Foto hängen, dass eingerahmt auf einem Bücherregal steht.

»Ihr seht glücklich aus«.

»Das waren wir, dachte ich. Sie war die erste Frau, mit der ich an ein ›EWIG‹ geglaubt habe«.

»Meinst Du, es gibt einen anderen Mann?«, will Eddy wissen, woraufhin Marvin tief Luft holt. »Ich muss es befürchten, wenn ich es auch nicht wahrhaben will. Milena hätte mit mir reden müssen. Diese Ungewissheit über ihren Verbleib wiegt schlimmer als eine saubere Trennung«.

Er erklärt, dass ihr Abgang in seinen Augen keine Kurzschlusshandlung gewesen sein kann.

Auf ihn wirke alles durchdacht und von langer Hand geplant.

Ihr Koffer, Klamotten, ihre persönlichen Papiere und ihr Tablet seien verschwunden.

»Wisst Ihr, was dieser Theorie eines Neuanfangs entgegensteht?« Er holt tief Luft und zeigt uns ein Foto.

»Gestatten: Flocke; unser Yorkshire-Terrier. Milena und ihn verbindet was Einzigartiges. Sie hätte ihn nicht freiwillig zurückgelassen«.

Ängstlich schaue ich mich um.

Auf den Ärger mit einem Vierbeiner, weil er sein Revier verteidigt, habe ich keine Lust und werde mich nicht auf einen Streit einstellen.

»Wo steckt er?«.

»Ich habe ihn zu einer Freundin gebracht. Auf den Kleinen darf meine desolate Verfassung keinen Einfluss nehmen. Zumindest passt alles nicht zusammen. Sollte sie sich in Spanien aufhalten, müsste ihre EC-Karte an Geldautomaten Bewegungen verzeichnen. Seht Ihr das anders?«.

»Wenn sie nicht alleine ist, zahlt ihr Begleiter«, schlussfolgert Eddy, unange-fochten ein Meister im Unsensibel-Sein.

Um nichts dem Zufall zu überlassen, überlegen wir in Zusammenarbeit mit Marvin, wo wir ansetzen.

Dass er durch uns eine völlig andere Hilfe erfährt, scheint Marvin zu beflügeln. Schlecht zu bremsen, will er unverzüglich mit der Suche nach Antworten beginnen.

Schwer für uns, ihn in der ersten Euphorie zu stoppen, gelingt es uns in der Folge ihm zu verdeutlichen, dass wir vorab Näheres über ihn und seine Freundin erfahren müssten.

Wie haben sie sich kennengelernt, wie lange gingen sie einen gemeinsamen Weg?

Was für Kontakte hatte seine Freundin in der vergangenen Zeit?

Wie steht es mit familiären Verbindungen?

War sie wegen psychischer Erkrankungen in Behandlung?

Welche Gemeinsamkeiten bestanden und was führte im Gegensatz zu Konflikten?

»Ihr irrt mit Euren Thesen nicht. Nur ist eine Reise ins entfernte Spanien kostspielig und nicht erfolgversprechend. Zumal ich glaube, dass sie sich in Deutschland aufhält. Wenn man sich jemandem nahe fühlt, spürt man das. Ich erzähle Euch in den nächsten Tagen - Carte blanche -, wie Amor zuschlug und was unser Leben ausmacht. Kennt Ihr den alten Bunker am Hang? Momentan möchte ich für mich sein. Ab morgen treffen wir uns dort täglich. Ein Ort, an dem wir ungestört sind. Ich bringe Decken sowie zu essen und zu trinken mit. Ich bin Euch dankbar, dass Ihr das für mich tut und für die Hoffnung, die ihr mir heute geschenkt habt«.

Er streichelt uns zum Abschied und wirkt zuversichtlicher als zuvor.

Auf dem Heimweg denke ich viel nach.

»Wie kann sie ihm das antun, Eddy? Er wirkt gebrochen«.

»Ein netter Kerl, Mo. Wir wissen noch nichts über die Gründe ihrer Flucht. Vielleicht stehen sie nicht mit ihm in Zusammenhang. Schulden haben manchen bewogen, abzutauchen«.

Ich begreife, dass Spekulationen zu nichts führen. Einzig Zuhören, was Marvin aus dem gemeinsamen Leben zu berichten hat, kann aus Mosaiksteinchen Erkenntnisse bilden.

Wir freuen uns über das Vertrauen, das er uns schenkt und blicken dem nächsten Tag zufrieden entgegen.

Bunkerbeichte

Die Begeisterung unserer ›Mamas‹ hält sich in Grenzen, als wir erzählen, dass wir ab sofort jeden Tag außer Haus sein werden.

Bei all ihrer Beschäftigung mit etwaigen Problemen und Gefahren verbergen sie nicht, dass sie unsere Einsatzbereitschaft schätzen.

Diese Geschichte lässt seit Wochen niemanden kalt.

Sie wünschen sich sehnlichst eine Begleitung, was unserem Standpunkt entgegensteht, dass Marvin uns ohne Zuhörer treffen muss.

»Die Reporter haben ihn verängstigt. Meint Ihr, er würde sich öffnen, wenn wir zu viert aufschlagen?«.

Eddy pocht auf Verständnis und es wird ihm ohne Widerrede zugestanden.

Wie er das macht?

Ich habe keine Ahnung.

»Marvin macht viel durch. Schlimm, wie die Fotografen und Reporter einen Menschen um seine Freiheit berauben. Macht Euch los. Eine Bedingung knüpfen wir an unser Okay, egal ob Ihr es versteht«.

Ihrer Bitte, die Mission von früh bis mittags von vornherein zeitlich zu begrenzen, kommen wir nach.

Schwups ab durch die Tür und hin zum ›Bunker der Geschichten‹.

Dort angekommen beeindruckt uns das alte Gemäuer mit einer Atmosphäre, die Wirkung zeigt. Warm wird einem ums Herz bei den Bemühungen von Marvin, einen Ort zum Wohlfühlen zu schaffen.

Hatte mich zuvor die Angst vor gruseliger Dunkelheit im Griff, bin ich erleichtert über die vielen Lichter, die alles hell erleuchten.

Am Boden liegen kuschelige Wolldecken und extra weiche Kissen und im Hintergrund läuft leise Musik.

Wassernäpfe und viele Leckereien? An alles hat er gedacht und freut sich, als er uns erblickt.

»Ich hatte Angst, dass Ihr nicht kommt«.

»Du kennst uns noch nicht«, lacht Eddy. »Das sollte Dir Angst machen«.

»Für Abwägungen ist kein Platz. Ihr seid die Einzigen, die mir meine Milena zurückbringen. Trittbrettfahrer hatte ich bis zum Erbrechen«.

Mein Buddy versucht mir schonend beizubringen, dass die Rollen getauscht werden.

Marvin wechselt zum Redner, während ich zum Zuhören verdammt bin.

Kein Problem.

Schnell schnappe ich mir einen von den leckeren Knochen, fläze mich in die Kissen und mache auf meine Ungeduld aufmerksam.

»Wir beginnen mit Dir, Marvin. Vor der Zeit mit Milena. Was hat Dich bewegt, was zu dem gemacht, wer Du heute bist? Ich halte die Pfötchen still, falle Dir nicht ins Wort und bin interessiert an allem, was ich zu hören kriege«.

Eddy gesellt sich - einverstanden mit diesem Arrangement - zu mir, und gespannt warten wir auf die ersten Worte unseres neuen Schützlings.

Jammern ist nicht mein Ding

Marvin scheint sich sammeln zu müssen, ehe ihm die ersten Worte über die Lippen kommen.

Gequält wirkt der Rapport - stockend und unsicher.

»Noch nie zuvor habe ich aus meinem Leben berichtet.

Ich bin nicht der Typ, der sich in Szene setzt, und ich habe früh begonnen, alles mit mir auszumachen, was mir widerfährt. Mich lässt das Gefühl nicht los, dass es andere nicht interessiert, was mich bewegt. Eure Bitte, mehr über mich zu erfahren, hat mich stark verunsichert. Seit meine Milena abgetaucht ist, habe ich das Sprechen eingestellt. Mein Vertrauen in die Justiz hat gelitten. Wie schnell wurde ich menschlich zerpflückt, in Einzelheiten zerlegt, als sei ich ein zu lösender Mosaikstein-Haufen.

Als sie keine Hinweise auf ein Verbrechen fanden, haben sie uns Beziehungsprobleme unterstellt, die es in der von ihnen geäußerten Weise nicht gegeben hat.

Eine Beamtin vergesse ich nicht.

Dieses Grinsen, als sie mir schonungslos die Fälle aufzählte, die sie in ihrer Laufbahn bearbeitet hat, in denen jemand aus einer Partnerschaft floh, weil der andere ein Schläger war, ein anderer war Trinker, der nächste auf eine Weise brutal, was sie nicht näher ausführte.

Machen wir nicht alle Fehler?

Grobes Fehlverhalten lasse ich mir nicht unterstellen.

Die unterschwelligen Vorwürfe zielten ab auf häusliche Gewalt und Missbrauch.

Milena hat mich geliebt.

Kurz vor ihrem Verschwinden hat sie meinen Heiratsantrag angenommen und wirkte glücklich wie ich.

Ihr möchtet wissen, wie ich aufgewachsen bin?

Ein leichtes Leben liegt nicht hinter mir, wenn ich auch noch jung bin.

Elterliche Vernachlässigung machte aus mir ein Heimkind.

Die ersten Lebensmonate verbrachte ich in Krankenhäusern, weil ich nicht gesund zur Welt gekommen bin.

Berichtet wurde mir, dass meine Mutter während der Schwangerschaft lieber gefeiert als uns geschont hat.

Von Alkohol und Cannabis war die Rede.

Mein Vater, aus einem kriminellen Milieu stammend, habe kein Kind gewünscht, was zu Aggressionen führte bei jedem meiner Babyschreie.

Eines Tages soll es zu einem folgenschweren Übergriff auf mich gekommen sein.

Geschüttelt habe er mich, um mich zur Ruhe zu zwingen.

Ich war zu klein, als dass ich alles im Detail erinnere.

Ein Nachbar, der auf mein Gebrüll aufmerksam geworden sei, habe die Polizei und das Jugendamt verständigt, woraufhin ich aus meiner Familie genommen worden sei.

Wie durch ein Wunder habe ich das Schütteltrauma überlebt.

Ich wurde an eine Pflegefamilie vermittelt.

Vom Regen in die Traufe.

Meinen ›neuen Eltern‹ diente ich zum Vorzeigen.

Dem Herrn des Hauses, ein angesehener Rechtsanwalt für Familienrecht, gelang es nicht, vor Freunden und Geschäftspartnern zuzugeben, keinen leiblichen Nachwuchs zeugen zu können.

Früh hat er mir eingebläut, ihn ja nicht zu blamieren, wenn ich nicht davongejagt werden wolle.

Auf jeder Geschäftsgala galt ich als der ›Sohn des Star-Anwaltes‹, mit einer erfolgversprechenden Aussicht, in die Fußstapfen meines ›Vaters‹ zu treten.

Zeitgleich quälten mich körperliche Entwicklungsstörungen, kognitiv summierten sich unüberwindbare Defizite und später bescheinigte man mir eine Reifungs-verzögerung.

Ob es viele Kinder gibt, die die erste Klasse wiederholen müssen?

Darüber durfte ich mit niemandem sprechen.

All meinen Mut zusammennehmend suchte ich Rat bei meiner Pflegemutter.

Auf Verständnis stieß ich bei ihr nicht.

In vollem Umfang stand sie eisern hinter ihrem Mann und half mir in ihren Augen mit noch mehr Nachhilfestunden.

Nähe kennenzulernen, sie zu genießen und zu leben, so sehr ich mich danach sehnte, ich kannte es nur aus dem Fernsehen.

Spielte ich mit Nachbarskindern auf dem ›Bolzplatz‹, wurde ich ins Haus geholt, mit Vorträgen, dass diese Spielkameraden unter meinem Niveau seien und der Sport nicht standesgemäß.

Statt zum Fußball ging ich fortan zum Geigenunterricht, den ich gehasst habe.

Ahnt Ihr es?

Ja, ich war verdammt unmusikalisch.

Mein Glück war, dass ich in eine technisch fortschrittliche Zeit hineingeboren wurde.

Meine Leidenschaft für den heimischen Computer weitete sich schnell von Online-Spielen auf das Surfen im Internet aus. Ich atmete auf, als ich Antworten fand, wie ich meine Lebensbedingungen verändern könnte.

Man kann aus einem - zugegebenermaßen zweitklassigen - Fußballspieler keinen Mozart machen.

Meine schulischen Leistungen brachen mit steigernden Anforderungen ein, sodass ich den Anschluss verlor.

Schule-Schwänzen und das Zuwenden einer zwielichtigen Clique sorgten für Gewaltausbrüche meiner Pflegeeltern.

Entgegen ihrer Absicht, mich zum Gehorsam zu erziehen, driftete ich ab, unbewusst, um auf mich aufmerksam zu machen.

Ich tat nichts, außer ›Schmiere zu stehen‹, als meine Kumpels Autos knackten.

Warum brachte es mich in Bedrängnis?

Mehr Zeit in Polizei-Gewahrsam verbringend als zu Hause wurde ich aus der Pflege genommen und in einem Heim für schwer erziehbare Kinder untergebracht.

Nein, wohler fühlte ich mich nicht, empfand aber Erleichterung, keine Rolle mehr spielen zu müssen.

Dass es ferner strenge Regeln gab, ließ mich erkennen, dass das Leben für Menschen wie mich nichts Positives bereithält.

Seinerzeit kannte ich Milena noch nicht.

Wie es kam, dass mich meine leiblichen Eltern vor meiner Volljährigkeit in die Ursprungsfamilie zurückholten, überhaupt, dass es ihnen von Amtswegen erlaubt wurde, kann ich mir nicht erklären.

Mit sechzehn war ich von da an der ›Haus-Depp‹, der Alkohol besorgen und die Wohnung sauber halten musste.

Liebe und Bindungen überhaupt sowie Geborgenheit; diese Werte suchte ich vergeblich.

Mein ›Erzeuger‹ war der Meinung, dass ein Schulbesuch vergeudete Zeit sei.

Ein Segen, dachte ich, weil ich zu kaputt war, die Konsequenzen zu überblicken.

Ich lernte per se weder fürs Leben noch für die Träume, die ich in beruflicher Hinsicht in mir trug.

Mein großer Traum war ein Medizin-Studium, und im Bereich Sport wäre ich gut untergebracht gewesen.

Die Mauer, die mich von meinen Vorstellungen trennte, wurde größer und unüberwindbarer.

Zwei Jahre, die geprägt waren von häuslicher Gewalt und einem Leben am Existenzminimum, endeten nicht mit dem Auszug bei Vollendung meines achtzehnten Lebensjahres, so sehr ich mir das im Vorfeld auch gewünscht habe.

Als sei es vorprogrammiert, befand ich mich stattdessen in einer Jugendhaftanstalt.

Rückblickend denke ich, dass sich die Aggressionen in mir angestaut hatten.

War ich zuvor ein ruhiger Vertreter, explodierte ich geradezu, als mir ein Mann im Stadtpark unterstellte, ein missratenes Kind zu sein. Ich hatte ihn versehentlich angerempelt und ihn zu der Aussage provoziert, weil er eine Entschuldigung erwartete.

Wegsperren müsse man mich, polterte er los und bei der Bemerkung, dass sich meine Eltern verständlicherweise meiner schämten, rastete ich komplett aus.

Zugeschlagen habe ich und es tat verdammt gut, nicht der Unterlegene zu sein.

Wie von Sinnen prügelte ich ihn zu Boden und trat zu, bis er sich nicht mehr rührte.

Zur rechten Zeit war er ruhig und in meinem Leben nichts mehr, wie es war.

Müsste ich Gott danken?

Die Polizisten, die mich abführten, machten keinen Hehl aus ihrer verachtenden Haltung mir gegenüber.

Ich hörte weg und fühlte mich befreit.

Alles war mir lieber als das Leben zu Hause.

Heute bin ich froh, dass sich der Mann aus dem Park gesundheitlich erholt hat und ich nicht zum unfreiwilligen, fremdgesteuerten Mörder geworden bin.

Die ›eingesperrten‹ Jahre, die ich vom Jugendrichter aufgebrummt bekommen habe, waren gerechtfertigt.

So fiel der erste Verdacht bei Milenas Verschwinden auf mich.

Das Vorstrafenregister wurde zitiert und mir vorgehalten, mich nicht im Griff zu haben.

Innerlich sackte ich zusammen - mich bekämpft fühlend -, mit dem Wissen, das Stigmata der Haft nicht loszuwerden.

Mich sollte glücklich machen, dass die Beamten sich die Mühe gaben, mein Leben und vorrangig die letzten Jahre zu durchleuchten, mit dem Fazit, dass ich eine gute und aussichtsreiche Sozialprognose aufweise.

Schnell wurde der Verdacht fallengelassen.

Ich würde mir die Hände abhacken, ehe ich der Frau was antue, die mich als Erste und Einzige so angenommen hat, wie ich bin.

Milena weiß alles über mich, kennt meine Abgründe und tiefen Keller der Vergangenheit.

Diese Nähe, nach der ich mich die ganze Kinder- und Jugendzeit über sehnte, fand ich an ihrer Seite.

Ich liebe sie und werde sie nicht aufgeben.

Wenn ich Euch erzähle, was sie und mich verbindet, werdet Ihr wissen, wie ernst mir eine Zukunft mit ihr ist«.

Wir sind gespannt!

Milena - ein Fake?

Über viele Tage verteilt erfahren wir erschütternde Dinge von Marvin.

Leicht hat er es nicht gehabt.

Unser Treffpunkt hier wird von jetzt an ein fester Bestandteil unserer Mission „**Comeback von Milena**".

Herumlümmeln nach anstrengenden Gesprächspassagen kommt nicht zu kurz, wir wissen richtig zu dosieren, wann Pausen für unseren Schützling dringend nötig werden.

Heute bin ich aufgeregt, weil wir erfahren, wie sich die zwei unterschiedlichsten aller Menschen kennengelernt haben.

Was mir schwerfällt, ist, dass ich nicht mehr als Ich-Erzähler fungiere und den Status erstmals abgeben muss.

Eddy meint, dass ich mich gut schlage, weil ich Marvin nicht ins Wort falle, was mein Kumpel von vornherein angezweifelt hat.

So nötig habe ich eine Selbstinszenierung nicht.

Zurück in unserem ›Bunker-Domizil‹, das ich liebevoll ›Kumpel-Nest‹ nenne, haben wir drei es uns bequem gemacht.

Musik scheint in Marvins Leben eine große Rolle einzunehmen.

Ihm geht das Reden leichter über die Lippen, wenn im Hintergrund leise Songs zu hören sind, die für ihn eine bestimmte Bedeutung haben.

»Kürzlich habt Ihr mich gefragt, wie ich Milena unter Millionen traf.

Rückblickend fällt es mir schwer, mein Glück zu fassen und noch schwerer, es anderen zu schildern, dass es annähernd das ausdrückt, was ich seither fühle. Meinem kaputten Leben zu entfliehen, war einzig durch den Aufbau einer ›Scheinwelt‹ möglich.

Wo findet man diese, die einem das Gefühl gibt, auf diesem Planeten nicht verkehrt zu sein?

Nirgends, wenn es nicht das Internet gäbe.

Manche denken, es gäbe nichts Verlogeneres als das, und das streite ich nicht ab.

Anfänglich habe ich mich mit Onlinespielen beschäftigt. Sich einen Garten zu gestalten, ein Haus umzubauen und eine Farm zu bewirtschaften, hat mich stundenlang in Schach gehalten.

Wie bei vielen Dingen mit wiederkehrenden Abläufen kam mit der Zeit Langeweile durch die Routine auf und ich suchte nach neuen Apps.

Aus welchem Grund ich bei dem Namen Milena hängen blieb, kann ich Euch nicht erklären.

Ein Programm, das mein Interesse weckte, besaß ein Forum, in dem meine spätere Freundin Administratorin war.

Ich liebte ihren Namen auf Anhieb und bat pausenlos in diesem Forum um Hilfe, obwohl ich keine brauchte.

Sie gab sich viel Mühe und nahm sich Zeit, bis sie eines Tages nicht mehr online war.

Traurig klickte ich Tag für Tag das Forum an, - sie blieb verschwunden.

Komisch,
ich merke jetzt, dass sie
zweimal aus meinem
Leben gegangen ist.

Auf seltsame Weise spürte ich eine Sehnsucht und es kam mir vor, als würde ich den wichtigsten Menschen in meinem Leben verlieren.

Haltet mich für verrückt, ich wusste nichts von ihr.

Handelte es sich um ein Pseudonym?

War sie dick, hässlich und alt?

Wer war sie überhaupt?

Was räusperst Du Dich, Mo?

Ach okay, ich soll nicht werten, klar.

Dem ungeachtet hat jeder ein gewisses Bild im Kopf von dem einen Menschen, dem man sein Herz schenken möchte.

Ich habe nichts gegen Frauen, die meinem Ideal nicht entsprechen, doch mehr als Freundschaft ist nicht drin.

Milena und das Bild, das ich in meinem Kopf von ihr trug, entsprachen nicht einer, sondern meiner Traumfrau.

Eine neue Administratorin namens Bella übernahm die Hauptaufgaben, zu denen die von ›ihr‹ gehörten.

Als ich es nicht mehr aushielt, fragte ich sie frei heraus nach Milena und erfuhr, dass sie ihre Tätigkeit aus Zeitmangel eingestellt hat.

Die Datenschutzrichtlinien erlaubten Bella nicht, mir zu beantworten, wo ich sie finde.

Zumindest bestätigte sie mir, dass es den Namen gibt und sie auf irgendeiner Seite Kontakt zu Männern sucht.

›Single?‹ schoss es mir durch den Kopf, was ausschlaggebend war für die schier aussichtslose Suche auf zahlreichen Webseiten.

Viele Monate vergingen und ich resignierte zunehmend.

Ich wusste nicht, wonach ich suchen sollte.

Bei jeder kleinen Lupe gab ich ihren Namen ein.

Mehr Informationen besaß ich nicht.

Der Welt entrückt, lebte ich nur noch für meine Suche.

Irgendwas sagte mir, dass ich es bereuen würde, wenn ich aufgebe.

Aus eigener Kraft war es unmöglich und ich wählte erneut den Weg über das Forum.

Ich hasse Lügen, musste mich indes solcher bedienen.

Meine Idee, im Forum nach Kontaktdaten von Milena zu fragen, hatte Erfolg, als ich angab, dass sie wegen einer dringenden Familienangelegenheit gesucht wird.

Ein Typ namens Phil schrieb mich an und nannte mir die Seite, auf der sie mit Profil zu finden sei.

Einer der schönsten Tage meines Lebens - und Weg-bestimmend.

Ich fand sie.

›Milena König‹ und königlich war sie ohne Frage.

Stundenlang schaute ich mir ihr Profilbild an und verliebte mich, ohne je ein Wort mit ihr gewechselt zu haben.

Diese weichen Gesichtszüge, kleine Grübchen und wunderschöne Augen. Hatte ich bis zur jetzigen Stunde geglaubt, auf blonde Haare zu stehen, faszinierte mich ihre lange schwarze Mähne.

Was sollte ich ihr schreiben?

Sie suchte nach einem Mann, der das Gegenteil von mir beschrieb.

Ein Akademiker, sportlich, interessiert an Kultur und Politik, dunkle Haare, kein Bartträger und aus der Nähe ihres Wohnumfeldes.

Weder Spaß am exzessiven Feiern noch am Trinken hatte oberste Priorität.

Sie, naturverbunden und familienorientiert, hatte viel zu bieten.

Entmutigt dachte ich über mein Leben nach.

Von einem akademischen Grad war ich so weit entfernt wie Ihr zwei von einem Leben als Katze.

Von Kultur und Politik verstand ich nicht viel, ich bevorzugte, mich mit meinem Computer und dem Handy zu beschäftigen.

Gut, Feiern entfiel bei mir, weil ich über keine sozialen Kontakte verfügte, aber wenn ich auf die vielen leeren Bierflaschen blickte. Dunkle Haare waren gebongt, meinen Bart zu entfernen war ich gewillt.

Wohnortnah?

Der Routenplaner spuckte eine Entfernung von über vierhundert Kilometern aus.

Wenn Ihr denkt, dass mein Profil, das ich anlegen musste, um das von Milena besuchen zu können, durch und durch verlogen war, irrt Ihr.

Ich schloss die Seite, ohne sie angeschrieben zu haben.

Mir einzureden, es sei für ihr und mein Karma förderlich, sie nicht in mein Leben zu holen, war eine der schwersten Aufgaben meines verkrachten Lebens.

Lange siegte die Vernunft.

Wäre es nicht eine Todsünde, dieser Prinzessin einen Mann wie mich zuzumuten, der es zu nichts gebracht hat?

Absolut nichts hatte ich zu bieten.

Ich versuchte sie zu vergessen und mir einzureden, dass wir uns im realen Leben unter den erschwerten Bedingungen nicht näher-gekommen wären«.

Profil

Marvin sitzt wie ein kleiner Junge vor uns, der das Leben nicht versteht.

»Ihr ahnt es?

Ich versuchte, sie zu vergessen und träumte umso mehr von ihr. Ein bezauberndes Wesen, das in meinem Leben keinen Platz finden würde. Tagelang brütete ich über einem Text, um mein Profil zu ändern, ohne die Wahrheit zu verleugnen.

Ich wollte **SIE** - Milena!

Keiner anderen Frau traute ich zu, mich glücklich zu machen.

So entstand die Idee, ein Echter zu bleiben und meinen Text einschlägig zu formulieren:

Ich entspreche nicht Deinen Wünschen, doch es reizt mich, das Glück herauszufordern.

Du besitzt die Gabe, tiefer in mich zu schauen, das spüre ich.

Ein Weltmeister im Überleben, dem mit Bier und Musik sein Leben gelingt.

Wer benötigt politischen und kulturellen Ausgleich, wenn im Innersten kein Platz ist, der gefüllt werden muss?

Hey, ich bin der Typ mit schwarzem Kurzhaarschnitt, der sich für Dich von seinem Bart trennt.

Sporttreiben werde ich, wenn Du bei mir bist. Wohnortwechsel nicht ausgeschlossen.

Zurzeit verlasse ich meine Burg im Dunkeln zum späten Einkauf. Von Beruf bin ich Sucher mit anspruchsvollem Know-how, der sich ohne Doktortitel wohler fühlt.

Ich mache mich über Deine Wünsche nicht lustig, aber gestehe Dir auf meine Weise - offen und frei heraus -, dass wir keine Gemeinsamkeiten haben.

Wieso erkannte vor mir noch keiner in Deinen Augen eine Tiefe von unsagbarem Wert?

Gefühle stehen über allem und verbinden über Grenzen hinweg.

Bitte lasse uns unsere Leben zusammenlegen und voneinander lernen.

Wer weiß, ob wir als ungleiches Paar nicht einen grandiosen Rekord aufstellen. Mich als Mensch musst Du nicht retten, mein Herz verlangt dem ungeachtet nach Dir und einer Reparatur.

Gestatten, Marvin.

Der Mann, der sich ab sofort in Deine Träume schleicht.

Dick aufgetragen, ich weiß - aber authentisch.

Ich habe mein Foto nicht nachbearbeitet, um mich optisch zu schönen.

Einen Klick entfernt vom ›Herzbeben‹.

Das neue Profil stand und ich sendete den Link an meine unerreichbare Traumfrau.

Als ich unter Nachrichten das Gesendet-Symbol sah, wurde ich verdammt nervös.

Würde sie sich überhaupt melden?

Wenn ja, wie würde sie reagieren und wenn - wie?

Vom Beschimpfen, wie ich auf die Idee komme, dass eine Frau wie sie sich für einen Typen wie mich interessiert, bis hin zu sorry, Du bist nett, nicht mehr … ich spielte viele Möglichkeiten durch.

Was folgte, waren zehrende Tage des Wartens auf eine Antwort, egal, wie sie ausfallen würde.

Es passierte rein gar nichts.

Mich schrieben drei Mädels an, die sich von meinem Text angesprochen fühlten und um ein Date baten.

Was verstand die Welt um mich nicht an meinen Worten, dass ich DIESE EINE Frau wollte?

Als ich auf dem Bett lag, mich in meinem Selbstmitleid suhlend und dieses mit Alkohol wegtrinkend, kam eine Nachricht, die mein Leben auf den Kopf stellte.

›Warum nicht?‹

Ich hatte einiges intus und las zuerst ›warum ich‹?

Ungehalten dachte ich, dass sie blöd sei wie alle weiblichen Wesen, weil ich es ausführlich erklärt hatte.

Bis zu dem Zeitpunkt, als ich langsam ausnüchterte und ich meinen Lesefehler erkannte.

Ich wollte erstmals die ganze Welt umarmen.

›Ich dachte mir, dass das passt‹.

Zu einer Antwort von tieferem Wert war ich zuerst nicht fähig.

Wir schrieben uns jeden Tag und ich hütete jede noch so kleine Nachricht.

Als ich begriff, dass sie - wie ich - von den Sonnenseiten des Lebens weit entfernt war, steigerte sich mein Hoffnungslevel ins Unermessliche - zeitgleich mein Mut, ihr offen von meiner Kindheit zu berichten.

Anfänglich geschockt, änderte sich ihr Verhalten mir gegenüber nicht.

Im Gegenteil bedankte sie sich für das Vertrauen, das ich ihr schenkte.

Ohne uns getroffen zu haben, teilten wir allabendlich unseren Alltag.

Meiner war dröge und von Angst begleitet, sie würde sich nicht mehr melden, weil sie mich als Langweiler und Versager abstempelte.

Bis das Unglaubliche geschah.

Ihr Leben stand an einem Wendepunkt.

Den Schulabschluss hatte sie vergeigt und kam in der Folge mit Partydrogen in Kontakt.

Ich musste weinen bei ihren Worten, sich in ihrer Heimat entwurzelt zu fühlen.

Ich erfuhr, dass sie viele Jahre unglücklich gewesen sei.

Ihre Eltern lebten der Öffentlichkeit das perfekte Familienidyll vor, während zu Hause die Fetzen flogen. Sie verlangten, dass sie in ihre Fußstapfen trete.

Der Vater ist Chirurg und die Mutter Anästhesistin; beide führten eine finanziell gut gestellte Gemeinschaftspraxis in der kleinen Stadt.

Milena hatte kein Interesse an einem Medizinstudium, ihren Eltern zuliebe aber getan, als sei es ihr Traumjob.

Viel lieber wäre sie Modedesignerin geworden.

Ich saß mit einem Bier an meinem Bildschirm, als sie mir schrieb, was mich bewegte.

Sie würde mich für meinen Mut bewundern, zu dem zu stehen, wo ich herkomme, wer ich sei und was ich wolle.

Stundenlanges Putzen meiner Bude war Neuland, doch unumgänglich, als mich Milena um ein Treffen bat.

Mit Erreichen der Volljährigkeit und Bestehen der Führerscheinprüfung erhielt sie von den Großeltern ein Auto.

Mir fehlte für das eine wie das andere die finanziellen Mittel, sogar für ein Bahnticket müsste ich wochenlang sparen.

Dankbar nahm ich das Angebot an, dass sie am Samstag zu mir kommen wollte.

Dieser Tag war schnell da und ich war überdreht und kannte diese Art der Vorfreude nicht.

Es klingelte.

Da stand sie - in natura viel hübscher als auf dem Foto.

Zur Begrüßung nahm sie mich in den Arm, bemerkte belustigt, dass ich das täte, was andere sich wünschten und zeigte auf mein Kinn, das bis gestern noch von Barthaaren bedeckt war.

Was soll ich Euch sagen? Wir verstanden uns, als würden wir uns Jahre kennen.

Sie störte sich weder an meiner spartanisch eingerichteten Einzimmerwohnung noch an meinem Kleidungsstil.

Den Restaurantbesuch zahlte sie ungefragt und sie drängte, dass wir in meine Wohnung zurückkehren.

Ich wusste nicht, für wann sie ihre Heimreise plante, und wollte sie bitten, über Nacht zu bleiben. Das musste ich nicht.

Wir bekamen einen Lachflash und lagen uns in den Armen.

Den ersten Kuss erinnere ich wie jeden weiteren, und jeder war einzigartig.

Wir liebten uns, als gäbe es keinen Morgen.

Als ich am Sonntag zu weinen begann, beruhigte es mich, sie noch bei mir zu spüren.

Ich zweifelte, ob es eine gemeinsame Zukunft geben konnte.

Ihre Familie würde mich nicht akzeptieren und die Kluft zwischen uns würde größer und unüberwindbar werden.

Wir kamen aus verschiedenen Welten. Das auf Dauer zu ignorieren, konnte das gut gehen?

Milena versprach mir ein Wiedersehen.

Warum befürchtete ich, dass dies ein Abschied für alle Zeiten war?«

Unbegründet

» **D**iese Furcht war unbegründet.

Sie besuchte mich regelmäßig und unsere Liebe erreichte eine Intensität von unschätzbarem Wert.

Ja, wir schmiedeten Pläne für ein Zusammenleben.

Dass es nicht leicht umsetzbar war, war jedem von uns klar.

Kurzzeitig spielte ich mit dem Gedanken, zu ihr zu ziehen, was von ihr als absurd abgetan wurde. Sie wollte weg aus der Enge und den Zwängen, ohne den Wunsch zu ignorieren, zuerst ihren Schulabschluss in der Heimat nachzuholen, um beruflich bei mir durchzustarten.

Sie mochte den Ort, in dem ich lebte, und sie wollte mich beruflich unterstützen.

Den Bierkonsum zu drosseln, war in ihren Augen das oberste Ziel.

Hätte mir zuvor jemand gesagt, dass ich mein Leben komplett ändern müsse, hätte ich ihn für verrückt erklärt.

Dieser verschobene Tag-Nacht-Rhythmus und anhaltende Lethargie hinderten mich jahrelang am Verändern meiner Lebensbedingungen, obwohl sie mich unzufrieden machten.

Eines Tages stand Milena mit gepackten Sachen vor meiner Tür.

Ihre Eltern hatten sie hinausgeworfen, als sie von unserer Beziehung erfuhren.

Unter keinen Umständen hatte ich ihr diesen familiären Abgang gewünscht und befürchtet, dass es von Beginn an unsere Partnerschaft belasten könnte.

Das Gegenteil trat ein.

Sie fand schnell einen Ausbildungsplatz bei einem Steuerberater und erstmals baute ich auf ihr Drängen und mit ihrer Hilfe einen Freundeskreis auf.

Diese neue Erfahrung, sich zu verabreden und viele gute Gespräche zu führen, war himmlisch.

Hier gelangen wir zu dem Problem, von dem ich anfangs sprach.

Eifersucht.

Aus der übersteigerten Furcht, das Liebste zu verlieren, drehten mir die Polizeibeamten einen Strick, als sei ich schuld an der Flucht meiner Freundin.

Ich hörte permanent, dass ich derjenige gewesen sei, der seine Freundin aus dem Haus getrieben hat, bis sie mir die Chance einräumten, ausführlich über die Umstände zu berichten.

Es war eine gesunde Eifersucht, wie sie in vielen Partnerschaften zu finden ist.

Meine war von Angst genährt, meine Milena und mit ihr mein neues Leben verlieren zu können, sobald ihr ein Mann gefiel.

Zeitgleich erfüllte es mich mit Stolz, dass diese attraktive Frau zu mir gehörte.

Eines Tages fragte ich sie, ob sie meine Eifersucht belasten würde, was sie definitiv verneinte und mir eröffnete, dass es ihr ähnlich ging, wenn mir bei Treffen mit der Clique eine andere Frau all ihre Aufmerksamkeit schenkte.

Für mich war es ein Zeichen von Liebe, eine Art Bestätigung, keine Belastung.

Meinen Alkoholkonsum hatte ich auf ein Minimum reduziert und ich schrieb erstmals Bewerbungen. Nichts Hochtrabendes, eher bewarb ich mich auf Hilfsjobs, bis ich zu hören bekam, für solche Tätigkeiten nicht qualifiziert zu sein. Keine Chance des Anlernens, keine des Quereinstieges. Mir wurde bewusst, dass ich nichts getan hatte für meine Zukunft.

Die zahlreichen Absagen nagten an meinem Selbstwertgefühl, bis Milena auf eine Idee kam, die ich begeistert umsetzte.

Meine Computerkenntnisse nutzend suchte ich kleinere Handwerksbetriebe auf, um mich dort einzubringen, mit großem Erfolg.

Der Verdienst war gering und wurde zum größten Teil vom Amt einbehalten und auf Sozialleistungen, die ich bezog, angerechnet.

Das Gefühl, was zu schaffen war mir wichtiger.

Milenas Vorstellungen, wie wir unser Leben gestalten, waren meinen ähnlich.

Wir sprachen über berufliche Verwirklichung und mit ihrem Wissen informierten wir uns über Möglichkeiten der Selbstständigkeit.

Eine eigene Firma für Soft- und Hardware war unser größter Traum, ich als der Technik-Experte und sie schwärmte von der Aufgabe, den gesamten kaufmännischen Bereich abzudecken.

Glaubt mir, es fehlte nicht mehr viel an der Umsetzung, einen Kredit hatten wir bewilligt bekommen.

Milenas Großeltern waren nicht unvermögend und bürgten für unser Vorhaben.

Das Einzige, was unsere Pläne und deren Umsetzung verzögerte, war die Suche nach gewerblichen Räumen.

Ich muss Euch bei Gelegenheit die Ordner zeigen.

Auf Dauer wurde meine Wohnung mit einem Zimmer zu klein für die Träume eines jungen Pärchens.

Leicht war es wegen unserer fehlenden Sicherheiten nicht, bis uns Milenas Oma und Opa, die mich in ihr Herz geschlossen hatten, bei der Suche nach einer geräumigeren Alternative zur Seite standen und uns halfen.

Wir zogen aufs Land in dieses kleine Haus, vor dem ich Euch zum ersten Mal sah.

Herbert und Sophie bürgten nicht, sondern übernahmen von Beginn an die Miete.

Mir sind viele Tage in Erinnerung, an denen sie sich für ihren Sohn entschuldigten, und sie machten mir deutlich, dass sie keinen Wert auf Luxus legten, obwohl sie einst wie ihr Sohn und die Schwiegertochter im Arztberuf tätig waren. Ihnen ging das Glück ihrer Enkelin über alles, und sie wünschten sich sehnlichst, dass wir sie noch zu Urgroßeltern machen.

Wie Ihr vermutet, sind wir hier beim nächsten wichtigen Thema.

Mit dieser Frau eine Familie zu gründen, übte große Faszination auf mich aus.

Ohne uns vorher über gemeinsame Träume diesbezüglich auszutauschen, stimmten wir überein, zwei Kinder haben zu wollen.

Sagt ehrlich.

Welchen Grund kann es geben, dass sie abgehauen ist?

Wir hatten alles und bis zum Vortag ihres Verschwindens waren wir glücklich und teilten alles.

Ein anderer Mann?

Es klingt absurd.

Wir waren in allem ehrlich zueinander.

Ich konnte nicht erkennen, dass ihre Gefühle für unsere gemeinsame Zukunft nicht mehr reichten.

Eine saubere Trennung, das passt zu ihr.

Abhauen? Ohne Ihren Hund, unseren ersten gemeinsamen Nachwuchs?

Das klingt nicht nach Milena«.

Flocke

Eddy und ich bleiben die nächsten Tage zu Hause, nachdem wir noch viel von Marvin erfahren haben.

»Keine Mama lässt ihr ›Kind‹ zurück«.

Ich schaue meinen Kumpel an.

»Melina muss tot sein«.

»Du gehst vom Schlimmsten aus, Mo. Ich vermute, dass sie eine falsche Spur gelegt hat, weil es ihr keiner zutraut«.

Ich erinnere mich an die Erzählungen, wie Flocke zu ihnen kam.

Angesichts der beruflichen Verpflichtungen und Pläne entschieden sie sich, es zu verschieben, Eltern zu werden.

Mich berührt es, dass sie auf Familienzuwachs nicht verzichten wollten, Flocke als Welpen zu sich geholt haben und in ihrer Rolle aufgegangen sind, zu versorgen, zu lieben und zu erziehen.

»Eddy? War sie ungeplant schwanger? Es hätte alle Pläne durchkreuzt«.

»Streng genommen muss ich Dich stoppen in Deiner Gedankenwelt, Mo.

Reine Spekulationen helfen nicht. Bei aller Liebe wäre Marvin der erste gewesen, dem sie sich anvertraut hätte. Es gibt Möglichkeiten und ich spreche hier nicht von Abtreibung«.

»Abreibung für wen?«.

»...treibung, nicht ...reibung.

Mediziner können Kinder wegmachen, wenn Aspekte gegen ein Austragen sprechen«.

»Brutal.

Ausfragen? Wozu noch? Ich stimme Dir zu, dass wir keine Antworten bekommen, wenn nicht wir solche finden«.

Ich lege mich an unseren Solarbrunnen, genieße das leise Plätschern und grübele weiter.

Marvin zu helfen hat oberste Priorität, indes haben wir uns mit falschen Versprechen bewusst zurückgehalten.

Er hat uns Lieblingsorte genannt, an denen die zwei mit Flocke die glücklichsten Stunden erlebt haben.

Wenn Milena nicht gefunden werden will, wird sie sich dort mit an Sicherheit grenzender Wahrscheinlichkeit nicht aufhalten.

Schlagartig wird mir klar - ungelogen -, wie schwer Ermittlungsarbeit ist.

Kein Wunder, dass die Polizeibeamten bei den spärlichen Angaben im Dunkeln tappen.

Eddy legt sich zu mir und seufzt.

»Ich kann nicht abschalten. Wollen wir Flocke holen?«.

»Als ›Menschträllerer‹ meinst Du?«.

»Nicht als Mantrailer, Mo. Wir Hunde haben ein sensitives Gespür für Menschen, die uns wichtig sind. Stelle Dir vor, er führt uns an

Orte, die wir ohne ihn nicht in Betracht ziehen?«.

»Verstärkt es nicht seinen Leidensdruck bei jedem Irrweg?«.

»Mm gut möglich, soweit habe ich nicht gedacht. Wir halten ihn lieber raus. Deutlich habe ich Marvins Worte im Ohr, wie innig die Liebe zwischen seiner Freundin und Flocke ist. Wir müssen auf eigene Faust das Unmögliche schaffen, um ihm sein Frauchen zurückzubringen. Erinnerst Du Dich an die Erzählung von Milenas Vorliebe für die Ostsee? Warum sollte sie sich ins Ausland geflüchtet haben? Klammern wir die Orte aus, an denen sie mit Marvin gewesen ist und besuchen die, die andere abwegig finden«.

»Wir schalten unsere Familie ein, Eddy, und klappern alle Gegenden ab. Meinst Du, sie könnten akzeptieren, dass Marvin uns begleitet?«.

»Du weißt, wie wichtig ihnen das Helfen, Hinhören und alles andere als Wegsehen ist. Ein Kennenlernen vorab halte ich aber für dringend notwendig, um unsere ›Mamas‹ nicht zu überfordern«.

Eddy springt auf mit einer grandiosen Idee.

»Wir holen Flocke für die nächste Zeit zu uns. Eine Möglichkeit, dass Marvin regelmäßig zu uns kommt bei all der Sehnsucht nach einem ›Stück heile Welt‹. Wenn seine Freundin ihm fehlt, ist ein Teil seiner Familie bei uns. Ein Gewinn, hier zusätzlich vier neue Freunde zu finden, die ihm Hilfe und Unterstützung bieten«.

Entgeistert blicke ich zu ihm.

Ein Hund in unserer Mitte?

Schwer vorstellbar, dass ich mit dem Eindringling klarkomme.

Dem ungeachtet bleibt mir keine Wahl, weil ich keine bessere Idee präsentieren kann.

Das Seufzen jetzt kommt von mir und sorgt für einen mitleidigen Blick meines Freundes.

»Deine Eifersucht, Mo?«.

Ich nicke stumm.

»Nicht meinetwegen will ich Flocke hier haben. Er erleichtert Marvin den Kontakt zu unserer Familie. Der Mann ist psychisch und physisch am Ende. Kraft aufzubringen für eine Suche, die der viel besagten ›Nadel im Heuhaufen‹ gleicht, wird ihm viel abverlangen. Der treue Freund an seiner Seite ist vielmehr ein Akku, Mo«.

»Er schläft nicht in unseren Körbchen«, antworte ich trotzig.

»Deal«.

Eddy rennt los, um unsere ›Mamas‹ über unser Vorhaben zu informieren.

Mulmige Gefühle überschlagen sich in meinem kleinen Körper, weil mir alles abwegig erscheint.

Um an einen Erfolg zu glauben, hatte ich bei unseren anderen ›Missionen‹ kleine Teilziele, die mich bestärkten.

Im Fall von Milena?

Hoffnungsloser könnte ich mich nicht fühlen.

Wenn ich an den Radiosender denke, über den ich einen gesuchten Menschen finden konnte … In diesem Fall ergibt ein Aufruf keinen Sinn.

Über ihr Verschwinden wird seit Wochen in den Medien berichtet. Würde sie gefunden werden wollen, hätte sie sich gemeldet.

Könnte sie nicht zumindest Flocke zu sich holen?

Unsere Frauchen würden uns um nichts auf der Welt zurücklassen.

Was in ihrem neuen Leben ist so übermächtig, dass sie ihren Liebling nicht nachholt?

Ist sie zum Sterben in ein Hospiz gegangen?

Eddy und ich haben in Bezug auf eine derartige Einrichtung Erfahrungen [1] gesammelt von unschätzbarem Wert.

Darüber haben wir noch nicht nachgedacht.

---

[1] ›Frühfarbtaucher‹ - Leonie kämpft gegen den ›Erledigt-Stempel‹

Hat sie eine schreckliche Diagnose bewegt, einen ›Cut‹ zu machen und fortzugehen?

Tränen sammeln sich in meinen Augen. Ich muss zu meinem Kumpel. Diesen Ansatz hat er genauso wenig verfolgt.

»Tränen, Mo? Wir verzichten auf Flocke«.

Eddy schaut mich traurig an.

»Nein, keine Eifersucht. Milena ist nicht tot, - sie wird sterben. Das will sie für sich«.

»Wie bitte?«.

»Wenn sie Krebs hat? Ein gnadenloses Schicksal bewog sie zu schwerwiegenden Entscheidungen«.

»Wie kommst Du auf diese These?«.

»Ich habe in einer Wolke was entdeckt, wie ein Wort. Kein Mensch, der so glücklich ist, verlässt sein gewohntes Umfeld grundlos. Denke an Marvin. Ein toller Mensch. Tauscht sie ihn auf dem Höhepunkt ihrer Liebe und Zukunft gegen einen anderen Typ ein? Endstadium einer heimtückischen Krankheit ist die einzige Erklärung, die Sinn macht«.

Eddy kratzt sich an der Stirn.

»Hospiz? Dumm ist diese Überlegung nicht, Mo. Warum bin ich nicht auf diese Erklärung gekommen? Wie umgehen wir die ärztliche Schweigepflicht, wenn wir ihre Hausarztpraxis aufsuchen?«.

Datenschutz.

Die nächste Barriere auf dem steinigen Weg.

»Hast Du bei unseren ›Mamas‹ was erreicht?«.

»Sie sind einverstanden und wir können Flocke und Marvin einladen. Bleiben wir erst mal bei unserer Ostseetour, ehe wir Deine traurigen Überlegungen aufgreifen?«.

Ich nicke und antworte, dass meine größte Hoffnung bleibt, dass ich mit einer tödlich verlaufenden Krankheit falschliege.

»Lass uns keine Zeit verlieren, Eddy. Wir ›fusseln‹ morgen«.

»Hä?«.

»Na ja, dieser Zusammenschluss für einen bestimmten Zweck«.

Warum grinst ›mein Terrier‹ angesichts aller trüben Gedanken?

»Jawohl, Kleiner - morgen fusionieren wir«.

Tränen trocknen

Marvin und Flocke sind eingetroffen. Das befürchtete Chaos blieb aus.

Zugegeben, ich habe mich zurückgenommen, meine Eifersucht zurückgestellt und erkannt, dass der gebrochene Typ in seinen zerschlissenen Jeans dringend Hilfe benötigt.

Nach dem ersten Kaffee stützt er den Kopf auf seine Hände.

»Du, Eddy? Weint er?«.

»Noch nicht. Man merkt, wie er sich zusammenreißt. Das kostet wertvolle Kraft«.

Auf unseren Kuscheldecken haben wir es uns bequem gemacht und Flocke hat seinen Platz in unserer Mitte gefunden.

An der Seite von meinem Kumpel, wie in meinen schlimmsten Träumen.

Nein, Mo - Dich stört es nicht, rede ich mir minutiös ein und lenke meine Aufmerksamkeit auf das Gespräch der Großen.

»Einen wirklichen Plan haben wir nicht«, verrät eine unserer ›Mamas‹.

»Wir werden - das beiseiteschiebend - alles tun, um Deine Milena zu finden. Alles«.

Jetzt weint er, obwohl wir alles darangesetzt haben, aufwühlende Situationen zu vermeiden, und er erzählt unter lautem Schluchzen, nicht ohne sie weiterleben zu wollen und zu können.

»Wisst Ihr, wie dankbar ich Euch bin? Euch und Euren treuen Gefährten. Alleine fühle ich mich der Situation hilflos ausgeliefert. In mir toben undefinierbare Gedanken. Wo macht der Beginn einer Suche Sinn? Mit Milena ging mein Lebensmut. Kann ich überhaupt noch von einem Leben sprechen, ein Leben ohne sie? Vor ihr hatte ich keins und habe ohne sie kein Anrecht auf das, was sie mir geschenkt hat. Sie ist meins. Zu Hause lebe ich nicht mehr, ich fühle mich fremdgesteuert, wähle die kürzesten Wege vom Schlafzimmer zum Bad, weil mich meine Beine nicht tragen. Ich trinke morgens erneut Bier statt Kaffee. Früher, ja, es ist wie früher. Alkohol war mein bester Freund, bis Milena mir bewies, dass man sich in einem alkoholfreien Milieu glücklicher und ehrlicher bewegt. Ehe ich Mo und Eddy kennenlernte, mochte ich morgens nicht mehr aufstehen. Die zwei Jungs ...«.

Marvin schaut zu uns und ich sehe so viel Zärtlichkeit in seine Augen - »sie sind einzigartig.

Mit ihren Worten im Bunker, auch denen, die nicht ausgesprochen wurden, kam die Hoffnung zurück, dass alles gut wird.

Sie urteilen und verurteilen nicht«.

»Das stimmt nicht«.

Eddy springt auf und steht vor Marvin.

»Ich beherrsche das Verurteilen. Zum einen lobst Du Mo und mich in den Himmel, während hier Flocke sitzt, traurig und genauso kaputt wie Du. Kein Wort in seine Richtung? Schäme Dich. Zum anderen trinkst Du morgens lieber Bier? Pfui Teufel«.

Ich war die letzten fünf Minuten in Lauerstellung und stehe neben Eddy.

Sollte ich mir verkneifen, was zu sagen?

Ich schaffe es nicht.

»Die Opferrolle steht Dir nicht zu. Bei allem Verständnis, Marvin, das Kämpfen obliegt Dir. Um Dein Leben, Deine Liebe und Dein Glück. Wenn möglich nüchtern, ich hasse Alkohol«, bekräftige ich Eddys Statement und blicke zu Flocke.

»Wir werden Deine Mama finden, Flocki, Du wirst ihr wahnsinnig fehlen«.

Jetzt spüre ich den Leidensdruck des Kleinen, als wäre ich es, der das Wichtigste verloren hat.

Traurig sieht er aus und auf eine beängstigende Weise leblos.

Eddy liest meine Gedanken und legt sich zu ihm, ungelogen mit meinem stillen Einverständnis.

»Eure Worte tun weh. Versprechen kann ich derzeit nichts, werde dessen ungeachtet versuchen, aus meinem Tief herauszufinden, auf die Weise, die ich Euch zutraue. Flocke kommt klar. Er hat alles, bekommt Futter und Trinken«.

Wie vom Blitz getroffen waschen unsere Frauchen Marvin den Kopf.

»Hunde leiden schlimmer als wir Menschen. Wir mussten mit Eddy durch die schlimmsten Täler seines jungen Lebens. Wenn Milena zurück ist, Du Fuß gefasst hast in Eurem Zusammensein nach dem Drama, lies Dir seine Geschichte[2] aufmerksam durch. Es verschlägt uns die Sprache, dass Du annimmst, dass Flocke angesichts dieser schrecklichen Situation Futter und Wasser benötigt, um zu existieren. Im tiefsten Inneren vermisst er sein gewohntes Umfeld, sein Frauchen und die

---

[2] ›Rückbatscher‹ - Wenn das Leben Dich schlägt

Liebe von ihr. Frisst er überhaupt? Versteh uns nicht falsch, er sieht abgemagert aus«.

»Keine Ahnung«.

Marvin zuckt mit den Schultern.

»Ich habe mit mir zu tun«.

»Hör zu, mein Freund«, schreit Eddy ihn an, »wenn Du nicht aufhörst, einzig Dich zu sehen und Dich zu bemitleiden, bin ich nicht bereit, Milena zu suchen«.

»Ich schließe mich an«, pflichte ich meinem Buddy bei.

»Mit Abstand verstehe ich die Gründe, warum Milena abgehauen ist«.

So wie ich es ausgesprochen habe, bereue ich meine harten Worte.

Marvin steht vom Tisch auf und seine Worte klingen gleichgültig und resigniert.

»Ihr habt ins Schwarze getroffen. Ich habe sie nicht verdient. Sorry, wo ist die Toilette?«.

Diese erreicht er nicht mehr.

Als er in die gezeigte Richtung geht, sehen wir seine Kraftlosigkeit in allen Facetten.

Mitten im Raum fasst er sich ans Herz und bricht zusammen.

Undenkbar, dass ich je zuvor so einen Hundeblick gesehen habe wie den von Flocke - geprägt von Angst vor neuem Verlust.

»Eddy? Flocke muss in den Garten«.

Soeben ausgesprochen, sitzen wir im Gras und beobachten das weitere Geschehen durch die hohen Glasscheiben. Der herbeigerufene Notarzt stabilisiert Marvin, der das Bewusst-sein wiedererlangt und den dringenden Rat zur Krankenhausbehandlung ablehnt.

»Ich muss mich um meinen Hund kümmern und mich auf die Suche begeben nach meiner und seiner großen Liebe«.

Unsere ›Mamas‹ sichern Hilfe zu und dass sie achtgeben auf den Patienten.

Dicht mit den Ohren an die Terrassentür gelehnt lauschen wir dem Gespräch, nachdem der Arzt das Haus verlassen hat.

»Eure Hunde bringen es auf den Punkt. Ehrlichkeit hilft mir am meisten. Ich muss Milena finden, schnell. Nicht für mich, in erster

Linie für Flocke. Ihn werde ich sofort in sein Zuhause zurückholen«.

Marvin fängt an zu weinen.

»Was habe ich ihm zugemutet? Unsere gemeinsame Freundin, bei der Flocke untergebracht war, liebt ihn ohne Frage. Indes muss er sich abgeschoben fühlen. Ab jetzt begehe ich keine Fehler mehr. Ich hole uns unser Leben zurück«.

Die Suche beginnt

Nachdem Marvin in den vergangenen Tagen seine gesundheitlichen Probleme kuriert hat, beginnen wir mit der ersten intensiven Suche.

Wir durchstöbern private Dinge von Milena.

Wenn es den kleinsten Hinweis gibt, wo sie sich aufhalten könnte, schreiben wir ihn auf die Liste, die wir in den nächsten Wochen abarbeiten.

Vor uns auf dem Boden liegen viele Briefe ihrer besten Freundin während der Schulzeit.

Die Zeilen berühren, der erhoffte Treffer bleibt jedoch aus.

»Was ist mit dem schwarzen Kuvert?«, fragt Eddy, während Marvin die Schultern hochzieht.

»Der sagt mir nichts. Ich schaue rein«.

Minutenlanges Schweigen, als er still liest und zu weinen beginnt.

»Wir müssen sie dringend finden«, schluchzt Marvin.

»Dringend. Dringend. Dringend«.

Er lässt den Umschlag auf den Boden fallen und verlässt den Raum.

»Was ist passiert?«, wende ich mich voller Angst an unsere Frauchen, während Eddy seine Pfote auf die von Flocke gelegt hat.

Sie lesen uns ›aus dem tiefen Schwarz‹ vor.

Lieber Schatz.

Ich beschreite einen Weg, den Du nicht verstehen wirst.

Zurzeit verstehe nicht einmal ich mich.

Als ich Dich kennenlernte, war ich glücklich und fühlte mich großartig, Dich aus Deinem Sumpf gezogen zu haben.

Dass Du Dein Leben umgekrempelt hast, mir und Dir zuliebe, hat mich mit Stolz erfüllt und sorgte für greifbare Zukunftspläne.

Mit Flocke zog noch das kleine Stück Liebe ein, dass uns fehlte, um alles zu besitzen.

Bis zu DIESEM einen beschissenen TAG.

Erinnerst Du Dich an das Seminar, das ich im letzten Jahr in Neumünster besucht habe?

Ich konnte Dich nicht anrufen, was Deine Eifersucht schürte.

Ja, Du lagst richtig.

Ich habe jemanden kennengelernt.

Nicht so, wie Du meintest.

Kein Mann, den ich so lieben könnte wie Dich.

Er heißt Richard und lebt nach dem ›Glauben Jehovas‹.

Mich fasziniert, was er ausstrahlt und wie es auf mich wirkt.

Mittendrin stellte ich mein ganzes Leben infrage.

Du kannst nichts für meinen Ausbruch aus Zwängen.

Ich entschuldige mich für die Erkenntnis, dass es für mich ein Leben vor Dir gab, was mir lange gefiel und mich beim Erwachsen-Werden wiederum ins Straucheln brachte.

Dass ich vergaß, auf einer Fortbildung zu sein, nicht an Dich und Flocke dachte, bereitete mir große Angst, öffnete mir auf der anderen Seite ungeahnt die Augen, dass ich trotz meines Glückes zu Hause und meiner großen Liebe unglücklich bin.

Ich wollte nicht mehr nach Hause, wenn ich indes diesen großen Schritt eines Neuanfangs ebenso scheute wie herbeisehnte.

Erschwerend kam hinzu, dass wir nach meiner Rückkehr in verschiedenen Welten lebten, meine Werte und Normen passten nicht mehr zu Deinen.

Wenn was konstant blieb, waren es Deine Vorwürfe, einen anderen zu haben.

Das stimmt.

›Jehova‹.

Du hast meinen inneren Kampf - einfach diesen Vergleich - verloren.

Zwei einschneidende Dinge stehen mir derzeit im Weg.

Siehst Du die verwischte Schrift?

Ich weine trotz der Überzeugung, das Richtige zu tun, indem ich Dich und Flocke verlasse.

Der Unfall von Oma und die Notwendigkeit einer Bluttransfusion hat mir den Rest gegeben.

›Wir Zeugen‹ lehnen Derartiges ab und das Feiern eines Geburtstages.

Du freust Dich auf Deinen und dunkel erinnere ich, dass ich nicht anders war.

Es macht mich irre traurig, nicht mehr anders reagieren zu können als zu flüchten in eine Welt, die mir näher ist als Du und Flocke es je sein könnten.

Bitte suche mich nicht.

Ich kenne Dich und weiß um Deine grenzenlose Liebe zu mir.

Ich würde Dir erneut wehtun wie heute mit diesem Brief.

Wenn jemand Glück verdient hat, bist Du es.

Passe bitte auf Flocke auf und halte die Augen offen, eine neue Liebe wird sich finden.

Ich habe Dich bis zum Ende meines ersten, verlogenen Lebens abgöttisch geliebt.

Deine Milena

Wir alle sitzen traurig, hilflos und zusammengekauert nebeneinander - mit einem außer Kontrolle geratenen Gedankenkarussell im Hirn - in dem kalt wirkenden Zimmer.

»Ich finde keine Worte«, bricht Eddy das Schweigen.

»Das kann sie Marvin nicht antun. Ihre geliebte Oma kämpft um ihr Leben und nicht mal das hielt sie von dem waghalsigen Schritt ab? Ich weiß nicht, wie Ihr das findet, wenn wir sie trotz aller Informationen, die wir jetzt haben, suchen. Ich will das aus größter Überzeugung. Diese Gehirnwäsche machen wir rückgängig«.

»Flocke war kein Grund zum Bleiben«, wirft Marvin leise auf, der im Türrahmen steht. »Ich bin das viel schwächere Motiv«.

»Ich habe zu viele Fehler gemacht. Meine blöde Eifersucht und ständig bettelte ich um Lippenbekenntnisse. Warum hat sie nicht versucht, mich von diesem Glauben zu überzeugen? Ein Wort genügte stets in der Vergangenheit, weil wir uns so nahestanden«.

Marvin laufen Tränen über die Wangen.

»Das ist es«, springe ich auf Marvin zu.

»Eddy liegt richtig, wir müssen sie finden, um sie mit Fragen, mit denen sie Dich zurückgelassen hat, zu konfrontieren.

Ob sie in Neumünster ist?«.

Als sich Marvin gefangen hat, schmieden wir Pläne und jeder von uns weiß, wie schwer die Suche werden wird.

Die ›Zeugen Jehovas‹ gibt es überall; beginnen wollen wir in dem Ort, an dem Milena ihr altes Leben vergaß.

Neumünster

Was hat Marvin an unserer Empfehlung nicht verstanden, sich in Anbetracht seiner Gesundheit in Geduld zu üben?

Wir wollten nichts überstürzen und sitzen ungeachtet dessen Stunden später im Auto nach Neumünster.

Er wirkt befreit durch die Tatsache, dass er - wie wir - daran glaubt, dass Milena am Leben ist.

Nein, akzeptieren wolle und werde er nicht, dass Flocke und er keinen Platz mehr haben in ihrem neuen Leben.

»Ich könnte die ganze Welt umarmen«.

Viermal binnen der zurückliegenden Fahrtstrecke lässt er uns an seinem Gefühlsleben teilhaben.

»Ich weiß, wofür ich kämpfe. Sie lebt, ist das nicht fantastisch?«.

Wir schauen uns alle an.

Dieser arme Kerl merkt nicht, dass sich für ihn nichts zum Positiven verändert hat.

»Was versprichst Du Dir von einem Aufeinandertreffen?«.

Ich wage einen ersten Anlauf.

»Ach weißt Du, Mo, bis heute wusste ich nicht, ob sie noch am Leben ist. Meine Ängste, sie sind wie weggewischt. Die Qualen bei dem Gedanken, ohne sie weiterleben zu müssen, sind auf ein Minimum geschrumpft. Ich werde ein ›Zeuge‹ wie sie«.

»Wenn sie das nicht will?«, fragt Eddy.

»Glaubt mir, wenn ich sage, dass es zu keinem Zeitpunkt Milena abwegig erschien, an dem Punkt anknüpfen, an dem wir uns verloren haben. Sie hat mir mit ihrem Brief, den sie mir hinterlassen hat, demonstriert, dass es ihr größter Wunsch ist, dass ich nach ihr suche. Ich spüre das«.

Im Auto wälzt Marvin Unterlagen über das Seminar, das seine Freundin vor Kurzem besucht hat.

»Sie war in der ›Akademie in der Gartenstraße‹. Beginnen wir bitte dort unsere Suche? Ich muss diesen Richard finden«.

Unsere Frauchen steuern zustimmend die genannte Zieladresse an.

Vor dem großen Gebäude stehend, kommen ihnen ernste Zweifel.

»Marvin, denkst Du an Datenschutz? Keiner hier wird Dir Auskunft geben (dürfen)«.

»Lasst mich machen. Dass Milena verschwunden ist, wird keinem entgangen sein. Los kommt, es geht um Leben und Tod«.

Im Foyer lesen wir uns durch Tafeln, bis wir fündig werden.

Das Sekretariat.

Eine ältere Frau empfängt uns freundlich, und ihre einladende Art kommt uns entgegen.

»Was kann ich für Sie tun? Hunde haben hier keinen Zutritt. Weil einer meiner guten Tage ist, mache ich bei den drei Süßen eine Ausnahme«.

»Cool, nicht süß. Und wenn Sie sich Anweisungen widersetzen, sprechen Sie tunlichst nicht darüber«.

Mein Ego brauchte das.

»Ich finde Dich cool, Du Kleiner, der über sich hinauswächst, indem Du aufbegehrst wie ein Kind«.

Sagte ich was anderes?

»Meine Freundin hat hier ein Seminar besucht, mit einem Richard und ist mir durch diesen Typen verloren gegangen«.

Marvin stammelt verunsichert ob der Tatsache, dass wir ihn überzeugt haben, dass der Datenschutz hier großgeschrieben wird und eine besondere Rolle spielt.

»Junger Mann, ruhig und langsam. Wer ist ihre Freundin?«.

»Gucken Sie kein fern?«, mische ich mich ein.

»In einem Ihrer Seminare ist seine Freundin verschwunden, nachdem sie einen Richard getroffen hat«.

»In unserem Haus ist noch keiner abhanden-kommen«, lacht die Angestellte.

»Finden Sie das witzig?«.

Eddy ist wütend aufgesprungen.

»Milena, ständig wird im Fernsehen nach ihr gefahndet, und Sie stehen hier mit einem Grinsen im Gesicht?«.

»Oje, eine schreckliche Geschichte. Ich sehe sie noch hier am Fenster sitzen, als sie auf Bescheinigungen warten musste. Sie hat von ihrem Hund geschwärmt. Sie wirkte glücklich«.

»So verlogen, meinen Sie« verkneife ich mir nicht, was ich davon halte, dass sie ihr Umfeld nicht über das aufklärte, was in ihr vor sich ging.

»Wer ist Richard?«.

»Mir sagt der Name nichts und ich lasse mich nicht so anfahren. Jetzt habe ich noch zu tun. Bitte schön«.

Sie deutet zur Tür.

»Es tut ihm leid«, höre ich eines meiner Frauchen sich für mich entschuldigen.

»Bei uns allen liegen die Nerven blank. Milena hat im Kurs einen Mann kennengelernt, mit dem Namen Richard. Durch ihn entwickelte sie eine Neugier und das Interesse für die ›Zeugen Jehovas‹. Sie ist entgegen der Vermutung der Medien nicht tot, sondern hat sich abgesetzt. Hier steht ihr Freund. Die zwei wollten heiraten, bis er in die heutige Situation kam, gegen ein Phantom zu kämpfen. Es macht ihn mittlerweile krank. Wir müssen sie finden, um Marvin wichtige Antworten zu bieten. Auf diese Art wie jetzt kann er nicht weiterleben«.

»Ich verstehe das. Was erwarten Sie von mir? Meinem Dienstherrn gegenüber habe ich Verschwiegenheit garantiert. Mein Mitgefühl darf nicht Grund sein, dass ich Antworten gebe, die ich nicht geben darf«.

»Der Datenschutz stimmt's?«, fragt Eddy mit einem gewissen Unterton.

»Haben sie Kinder, Eltern, Großeltern?«.

»Eine Tochter«.

Eddy stupst sie mit der Pfote an.

»Liebe Frau. Milena hat desgleichen eine Mama. Das Kind zu verlieren, gibt es Schlimmeres für einen Elternteil?«.

Sie bückt sich zu ihm herunter und streichelt sein Fell.

»Warte, bis ich nachgeschaut habe«.

Während sie vor dem Bildschirm auf Suche geht, schaue ich verliebt zu Eddy. Ich möchte mir charakterlich noch viel mehr von ihm abschauen und aneignen.

»Einen Richard gab es in dem Kurs«.

Ohne sie bitten zu müssen, schiebt sie Eddy einen Zettel über die Theke, auf dem eine Adresse steht.

»Frau ›Seelentrost‹?«, mische ich mich ein, »das werden wir Ihnen ein Leben lang nicht vergessen«.

Mit diesem Satz habe ich mein ungehobeltes Verhalten geradegerückt.

Ricky

Unsere Tour führt in eine Kleingartensiedlung am Rande von Kiel.

Wie findet man jemanden an einem Ort der tausend Versteckmöglichkeiten?

Marvin tänzelt nahezu über die Kieswege und wirkt zufrieden und voller Zuversicht.

»Ich spüre, dass sich hier meine Milena aufhält. Wo sollte sie sein, wenn nicht hier?«.

Wohin man schaut, stehen Bauwagen, kleine Holzhütten und Mobilheime, die zumindest nummeriert sind, an denen wir Namensschilder dementgegen vergeblich suchen.

»Nach welcher Nummer suchen wir?«, will Eddy unserem langen Irrweg einen Schubs geben.

»Auf dem Zettel steht keine«, stellt Marvin klar.

»Wir gehen zum Platzwart. Vorhin sind wir an seinem Büro vorbeigekommen«.

Von diesem erfahren wir, dass Richard mehrere Jahre zurückgezogen auf dem Platz gelebt hat, ganzjährig.

»Ein komischer Kauz. Klamotten wie Gewänder und ein Bart, der ihm auf Bauch- höhe gewachsen war, von dem er sich trennte, als viele auf dem Platz ihm signalisierten, dass dieses ›Mysteriöse um ihn‹ Angst und Schrecken verbreite. Ungepflegt blieb er und außerhalb jeglicher Normen, aber nimmer- müde, mit einem grinsenden Hallo auf den Lippen jedem freundlich zu begegnen. Ab einem bestimmten Tag habe ich ihn nicht mehr gesehen. Seine ›grünen Nachbarn‹ wussten nichts Näheres. Sie waren erleichtert, dass er scheinbar den Platz in einer Nacht- und Nebelaktion verlassen hat. Später erfuhren wir, dass er auf einem Lehrgang war. Mir kam das fragwürdig vor, da er sonst zu keinem Anlass seine Hütte verließ. Wenn jemand mehr über ihn weiß, ist es Clara. Sie wohnt in der ›Nummer 70‹, hier den Sandweg hoch, anschließend links. Ich drücke Euch die Daumen. Wenn Ihr Erfolg habt, richtet Richard aus, dass er eine Gasflaschen-Rechnung offen hat. Eine Begleichung würde meine anstehende Inventur retten«.

Mit dieser Information machen wir uns erneut auf den Weg durch die Anlage.

Vor der genannten Nummer steht ein gruseliges Häuschen, dunkle Wände, die Fenster zugenagelt und Wildwuchs im kleinen Vorgarten.

»Ob hier Richard wohnt?«.

Ich stupse Eddy an.

»Da kann niemand wohnen. Nicht so«.

Marvin klopft an die ›Tür 70‹, die von einer grauhaarigen Seniorin geöffnet wird.

»Ja bitte?«.

»Wo steckt meine Milena?«. Marvin ist getrieben von der Überzeugung, dass jeder seine traurige Geschichte kennt und ihm helfen will.

»Ich verstehe nicht«.

Sie kann uns nicht verstehen, die Arme, weil Marvin die gleichen Fehler wie am Laufband begeht. Mit Druck und unzureichenden Angaben erreicht er nichts.

Eddy rettet die Situation.

»Kennen Sie einen Richard? Wir müssen ihn dringend sprechen«.

»Kommt auf einen Tee rein, es ist nicht schnell und im Vorbeigehen erzählt«.

Drinnen gucke ich mich überall um.

Dieses Zuhause besteht aus einem Zimmer, das ärmlich eingerichtet wirkt wie die Kleidung der alten Dame.

Auf eine bedrückende Weise tut sie mir leid und ich rede mir ein, dass sie es liebt, so zu leben.

Marvin erklärt seine Suche und die Geschichte um das Verschwinden seiner Freundin, der eine genauso traurige folgt.

»Ich kenne keine Milena. Mir wäre es eine Freude, Dir helfen zu können. Richard hatte keine Freunde, er wohnte bis vor Kurzem nebenan, ein absoluter Einzelgänger. Ich war bedauerlicherweise die Einzige, die ihn akzeptierte, mit seiner skurrilen Art. Er war verschrien bei den anderen auf dem Gelände, vorn in der Gaststube hatte er Hausverbot. An vielen Abenden saßen er und ich zusammen und es dauerte Jahre, bis er mir aus seinem Leben berichtete. Ein schlechter Mensch war er wahrlich nicht«.

»War?«, fragt Eddy entsetzt.

»Ich hoffe, er ist weggezogen?«.

»Er ist tot, mein Kleiner«.

Clara, mit feuchten Augen und zittriger Stimme, will unter allen Umständen mehr erzählen.

»Er war auf einem guten Weg. Jede Woche kam ein Sozialarbeiter, der ihm helfen wollte, in sein Leben zurückzufinden, mit Job und einer festen Wohnung. Ricky, so nannte ich ihn, war zuversichtlich und motiviert, absolvierte für mich überraschend - entgegen seiner Abneigung für einen strukturierten Tagesablauf - eine Fortbildung. Er strotzte vor neuem Lebensmut nach einer schrecklichen Kindheit«.

»Schreckliche Kindheit? Die hatte ich schlimmer als jeder andere«, unterbricht Marvin sie anfangs in einem ruhigen Umgangston, der rasch ruppige Züge annimmt.

»Ist das ein Grund, sich meine Freundin zu krallen unter dem ›Deckmantel Zeugen Jehovas‹?«.

»Ihr wisst von dem Übel?«.

»Sie meinen Milena. Warum haben sie vorhin gelogen, wenn Sie sie kennen?«.

Marvin schlägt mit der flachen Hand gegen den Tisch.

»Junger Mann, ich meine die Geschichte von Ricky. Nicht mehr! Seine Eltern gehörten dieser Glaubenslehre an. Mit sechs Jahren drehte sich in seinem Leben alles um wöchentliche Treffen, er war nicht frei wie Gleichaltrige. Während die sich nach der Schule mit Freunden trafen, Fußball spielten und zum Schwimmen gingen, drehte sich bei Ricky alles um Regeln, Verbote, Druck und Kontrolle. Mit der Volljährigkeit wollte er dem in seinen Augen falschen Leben den Rücken kehren und türmte aus seinem ›Gefängnis‹, ohne zu ahnen, was auf ihn warten würde. Sein soziales Netzwerk beschränkte sich auf die Glaubensgemein-schaft. ›Draußen‹ hatte er niemanden, weder Freunde noch Verwandte. Der Scherben-haufen seines Lebens - er schaffte es nicht, ihn aufzuräumen. Hier lebte er als Alleinversorger zurückgezogen und einsam. Ich sah in ihm eine Art Enkelsohn«.

Clara legt ihre Hände wie zu einem Gebet in den Schoß.

»Wurde er ermordet?«, frage ich - von seinem Schicksal - tief betroffen.

»Nein, so weit ging das Stalking durch ehemalige ›Zeugen‹ nicht. Bedauerlicherweise hat Ricky die nötige Kraft gefehlt, neu anzufangen. Viele gefährliche Medikamente und Schnaps - er hat sich mit destruktivem Verhalten und Konsummuster davongestohlen. Da man ihn zuvor gewohnt tagelang nicht sah, machte ich mir zuerst keine Gedanken, bis mir das fehlende Licht am Abend auffiel. Auf mein Klopfen öffnete er nicht und ich rief die Polizei. Sein Suizid hat mich tief erschüttert. Warum suchte er keine Hilfe bei mir, wie viele Male zuvor? Warum habe ich nicht gemerkt, was in ihm vorging und was das alles mit ihm machte?«.

»Sie konnten das nicht ahnen«.

Marvin legt ihr tröstend seine Hand auf die Schultern.

»Zeichen waren der Spaten und die Kiste einen Tag zuvor. Er lud alles auf seinen Fahrradanhänger«.

»Eine Kiste?«.

Marvins Augen werden groß.

»Was für eine Kiste?«.

»Ich sprach ihn auf seine schwere Last an. Er wollte Dinge wegschaffen, die ihn an sein altes Leben erinnerten. Kleidung, Tagebücher und mehr. Ich dachte, das sei eine Art ›innere Reinigung‹«, schluchzt Clara.

»Wenn er Milena in Holz transportierte?«.

Marvin wirkt panisch und will wissen, wohin er diese mysteriöse Kiste gebracht hat.

»Zweifel nicht an dem, was ich sage. Er war kein Schlechter. Ich habe hier kein Mädchen gesehen. Die Kiste muss hier auf dem Platz sein. Nach zehn Minuten war er zurück und erklärte mir bei einem Tee, dass er sich die Möglichkeit erhalten wollte, erneut an die Dinge heranzukommen, die ihm ein normales Leben gekostet haben«.

Wir alle sind wie erstarrt von dieser traurigen Geschichte.

Auf der Heimfahrt schaltet Marvin die Polizei mit der Bitte ein, nach der ominösen Kiste zu suchen.

Zwischen Hoffen und Bangen

Tagelang kein Wort von Marvin, was in einen unaufhaltbaren Nervenkrieg mündet.

»Eddy? Ich zermartere mir das Hirn, was zu seinem abrupten Rückzug geführt hat. Ist er krank? Will er auf eigene Faust nach der Kiste schauen?«.

»Spekulieren bringt uns nicht voran. Lass uns später bei ihm vorbeischauen«.

Am Nachmittag sitzen wir vor seinem Haus.

Es wirkt verlassen und leer, kein einziges Licht brennt und die Jalousien machen einen Versuch, durch die Terrassentür zu luschern, unmöglich.

Eine Nachbarin, die uns auf Schritt und Tritt beobachtet, fragt uns über den Gartenzaun nach dem Grund unseres Besuches.

Nebenbei erfahren wir, dass Marvin seit zwei Tagen fort sei. Seinen Aufenthaltsort könne sie uns nicht nennen, ihr Nachbar sei über alle Maße verschlossen, seit er verlassen worden sei.

»Sonst hat er die Garage verschlossen, - warum jetzt nicht? Nicht, dass was gestohlen wird«.

»Wir kümmern uns« verspricht Eddy, der mich mitzieht, um dort nach einem Hinweis zu suchen.

Dunkel ist es hier drin.

Vor zwei Minuten haben wir gehofft, dass die Dame von nebenan in ihr Haus zurückgeht, in Anbetracht unserer Hilflosigkeit sind wir erleichtert, dass sie hinter uns steht.

»Wir kommen nicht an den Lichtschalter«.

Ich deute mit meinem Pfötchen nach oben.

Es wird hell.

Eine Matratze am Boden gibt Rätsel auf.

»Er hat hier öfter übernachtet, weil er seine Privatsphäre eingebüßt hat. ›Die von den Zeitungen‹ kamen jeden Tag. Hier fand er seine Ruhe«, erklärt uns die Nachbarin, die ihn mit Lebensmitteln versorgt hat.

»Er tut mir leid. Für mich gibt es keine besseren Menschen als ihn und Milena. Sein Herz ist gebrochen und die Fragen nach dem Warum quälen ihn. Statt ihn zu stützen, stürzen sich alle auf ihn«.

Eddy hält ein Schreiben der Polizei in den Händen und beginnt zu lesen.

Es tut uns leid, Ihnen mitteilen zu müssen, dass wir Ihre Anzeige nicht weiterverfolgen.

Die ›Kiste‹ wurde von Kripobeamten auf dem Campingplatz gefunden.

Aus datenschutzrechtlichen Gründen können wir zum Inhalt keine Angaben machen; diese stehen in keinem Zusammenhang mit dem Abtauchen Ihrer Lebensgefährtin‹.

Eddy lässt den Brief auf den Boden sinken.

»Wir beginnen bei null«.

»Guck, dort drüben liegt ein weiterer Brief«.

Ich laufe hin und sehe, dass er handgeschrieben ist.

› Lieber Eddy, lieber Mo!

Verzeiht mir, schwach zu sein.

Ich kann nicht weiterleben mit diesem Chaos in meinem Kopf, das mich nicht mehr schlafen lässt.

Im Haus fiel mir noch ein Brief in die Hände.

Nicht von, sondern an Milena.

Ein Kilian schrieb ihr, dass er sich von seiner Frau trennen werde, sobald meine Freundin für ihn frei sei.

Tatsächlich kam Spanien ins Spiel, in Valencia wollten sie ein neues Leben beginnen.

In Anlage ein Reiseführer und die Adresse von unserem örtlichen Tierheim. Sie wollte Flocke wegradieren wie mich.

Ich ertrage mein Leben nicht länger.

Vor Milena hatte ich keins, mit ihr das schönste und nach ihr suche ich nach Erlösung.

Danke, dass Ihr mich unterstützt, mir geglaubt und mir vertraut habt.

Das habe ich nicht erwartet, bei allen Anfeindungen, die mir von außen zu Unrecht entgegengebracht wurden.

Für mich wird es keine neue, andere Frau geben.

Als ich über Ricky nachgedacht habe, ertappte ich mich, ihn zu beneiden, dass er sich nicht mehr durchs Leben kämpfen muss.

Dass ich es in der Hand habe, mich gegen mein Leben zu entscheiden, ist ein Gedanke, der mich tröstet.

Ich lasse die Garage geöffnet - ich kann den Westie inklusive Kumpel gut einschätzen.

Dieser Brief ist mein Dankeschön an Euch.

Passt gut auf Euch auf und kümmert Euch um die Menschen, die zu retten sind.

Auf ein flottes Leben für einen einzigartigen Terrier und die › Großgusche ‹ Mo.

Euer Marvin ‹.

»Das ist ja schrecklich«.

Die Frau verschränkt ihre Arme, bis sie ihre Hand vors Herz schlägt.

»Liegt er tot im Haus?«.

»Bitte verständigen Sie <u>nicht</u> die Polizei. Wir werden ihn finden«.

Eddy erklärt seine Bitte mit den Strapazen, die Marvin in den letzten Wochen zusetzten. Wir sind erleichtert, als sie uns verspricht, nichts zu unternehmen.

»Der Bunker, Eddy. Er ist im Bunker«.

Jetzt bin ich nicht mehr zu halten.

»Komm, wir dürfen keine Zeit verlieren«.

Wir gehen in die dunklen, verlassenen Gebäude-Reste.

Meine Angst setzt mir immens zu, bis ich über was stolpere, was um Haaresbreite zu einem Herzstillstand führt.

»Eddy, hier liegt er. Lauf nach Hause und setze einen Notruf ab«.

»Du bleibst nicht hier, Mo. Wir beeilen uns zu zweit«.

Als wir aus dem Bunker laufen wollen, hören wir eine leise Stimme hinter uns.

»Eddy? Mo? Seid Ihr es?«.

Marvin lebt, was uns aufatmen lässt.

Er zeigt auf eine Gasflasche und Streich-hölzer.

»Ich konnte es nicht. Zu einem Cut, einem Abgang, war ich nicht in der Lage. Dieser Moment, der mich erlöst, er war zum Greifen nahe. Meine Gefühle für Milena waren stärker. Ich will sie noch ein einziges Mal sprechen, sie spüren und berühren. Was, wenn ich noch nicht verloren habe?«.

»Ich spreche für Mo mit, wenn ich Dir erleichtert sage, dass wir Gott danken, dass es Dich noch gibt«.

»Buddha«, korrigiere ich trotzig.

»Das andere lasse ich gelten«.

»Buddha?«, hakt Marvin nach.

»Hast Du Einwände, Du Großkotz, Du verlorene Figur, der lieber abtaucht, statt sich dem Leben zu stellen?«, rede ich mich in Rage und werde durch Eddys Worte gestoppt.

»Mo stammt aus Tibet, er war ein kleiner Kloster-Bewohner. Sein Gott ist Buddha. Sobald Du Dich gefangen hast, Marvin, nimmst Du seine Biografie[3] zur Hand. Er ist mehr als ein Shih Tzu«.

»So machen wir das«, lacht er.

»Ist ja witzig, Herr ›ich-wollte-vor-fünf-Minuten-noch-Sterben‹. Wir haben keine Zeit für Eitelkeiten, Deine Nachbarin macht sich Sorgen und wir müssen sie schleunigst informieren«.

Am Abend zu Hause sind wir erleichtert über den guten Ausgang dieser Situation.

Unser Weg führt ergo nach Spanien.

---

[3] ›Krabumms‹ - Die etwas andere Autobiografie eines Shih Tzu

Neues Ziel

Eine lange Reise erfordert eine To-do-Liste und aufwändige Planungen.

Marvin blüht sicht- und spürbar auf, was wir nicht zuletzt unserem ausgeklügelten Ablenkungsprogramm zuschreiben.

Zuerst besuchen wir seine Lieblingsplätze aus glücklichen Tagen.

Ein kleiner Park mit vielen Findlingen ist mein persönliches Highlight.

Es tut gut, den Mann, der vor Kurzem lebensmüde wirkte, strahlend zu sehen, als er erzählt, dass Milena den Steinen Namen gegeben und sie einzeln begrüßt hat.

Er und sie hätten Bäume umarmt und laut im Wald ihre Liebe herausgeschrien.

Marvin zeigt wie ein verliebter Teenager auf eine Holzbank und es rührt uns, als wir ein Herz mit seinem und ihrem Namen lesen.

»Milena hat tolle Ideen, dies spiegelt ihre Inspirationen wider, wie das Schloss, das sie an ein Brückengeländer gehängt und den Schlüssel in den Bach darunter geworfen haben. Ich vermisse sie«.

Noch ehe seine traurige Stimmung Oberhand gewinnt, toben wir auf einem Abenteuerspielplatz.

»Sie liebt das Hochklettern und inszeniert Notsituationen, als könne sie aus Angst nicht mehr herunter, bis ich ihr helfe und sie mich auslacht. Sie ist eine so besondere Frau, wisst Ihr. Wir müssen sie in Spanien finden. Um jeden Preis«.

»Schalte ab, Meister im Grübeln. Wir haben Dir Ablenkung versprochen und fokussieren uns nicht auf Deine Probleme«.

Eddy boxt ihn und durchbricht seine Gedankenkette.

»Na warte, Du weiße Pest, ich kriege Dich«.

»Mach hin, Du kannst ja eh niemanden halten«, scherzt mein Kumpel, was mir einen Stich versetzt.

Unbegründet, als ich Marvins Lachen höre und dass er sich bedankt bei Eddy, dass dieser sich nicht zurücknimmt und diesen Humor ausspielt, der am meisten benötigt wird, um abzuschalten.

Ein Imbissbesuch rüttelt erstmals seit Stunden an der Fassade, als ›die Frau der angeblich besten Burger‹ ein Gespräch beginnt.

»Hey, Marvin. Wo hast Du Deinen siamesischen Zwilling gelassen? Ist Milena krank?«.

Marvin schluckt und kriegt keinen Ton heraus.

Ich übernehme.

»Sag, Du pummelige Bratpomeranze, guckst Du kein fern? Deine Klitsche hier ist nicht nonstop geöffnet. Wenn ich zu den Zeitungen gucke, ist mein Verständnis noch geringer. Bist Du Legasthenikerin?«.

»Ich weiß, Du willst mir beistehen, Mo, was ich süß finde. Ich benötige indes kein Sprach-rohr«.

Marvin hat seine Sprache wiedergefunden.

»Milena ist fort. Erzähle mir nicht, dass Du nichts über ihr Verschwinden gehört hast? Möglich, dass Du nicht in Wunden stochern willst, jedoch hilft mir das nicht weiter«.

Kann man Entsetzen so gut schauspielern? Sie scheint überrascht und voller Fragen.

»Ich bin vor drei Tagen nach Deutschland zurückgekehrt, nachdem ich sechs Monate in Madrid war. Ich hatte keine Ahnung von dem, was sich hier scheinbar abgespielt hat«.

»Madrid?«.

Marvin zieht die Augenbrauen hoch und seine Anspannung ist ihm deutlich anzumerken.

»Spanien? Du weißt mehr als Du zugibst. Wo steckt Milena?«.

Er schreit, schlägt seine Faust gegen den Zeitungsständer, dreht sich um und geht, um sich zu beruhigen.

»Sorry, er ist am Ende«.

Eddy startet einen Versuch, Verständnis von der Gegenseite zu bekommen.

»Er liebt seine Freundin mehr als sich. Vor einigen Tagen wollte er sich umbringen und erklärte wie in Warteschleife, dass er ohne Milena nicht leben kann und will«.

»Ich kann Euch nicht sagen, wie leid es mir tut. Die zwei sind Stammkunden bei mir, für mich sind sie das perfekte Paar, falls es so was wie perfekt in Beziehungen heute noch gibt. Hat sie einen Spanier kennengelernt?«.

»Es scheint so zu sein, bloß fehlen uns Anhaltspunkte. Hunderte von Scherben kleben wir imaginär zusammen. In zwei Wochen reisen wir nach Valencia, ausgestattet mit Flugblättern, und nutzen die Connections eines Bekannten, der uns einen TV-Aufruf beim wichtigsten spanischen Fernsehsender vermittelt«.

Während Eddy nicht aufhören kann, sich mitzuteilen, reagiere ich mit Panik aus Angst um Marvin.

»Kommst Du mit?«, flehe ich meinen Kumpel an.

»Warte einen Augenblick, Mo«.

Ich kann nicht länger hier herumsitzen und laufe Marvin nach, bis mir die Puste ausgeht, in dem Augenblick sehe ich ihn auf einem Baumstamm sitzen.

»Bitte hilf mir, mein Freund, bitte«. Es ist das Letzte, das ich aus mir rausholen kann.

Er steht auf, steuert geradewegs auf mich zu, nimmt mich in seinen Arm und kuschelt sein Kinn in mein Fell.

»Ich will nach Hause. Du solltest bei Eddy bleiben, ehe er vor Sorgen umkommt. Ich weiß, was das mit einem macht«.

»Pah, der hat sich vorhin keine gemacht, trotz meiner zittrigen Stimme. Wenn Du mich trägst, bin ich Dein Hometrainer«.

»Mein was?«

»Ich begleite Dich nach Haus«.

Warum Marvin lacht, ist mir schleierhaft, was ich mir nicht anmerken lasse. Die Zeit der Tränen zu unterbrechen, ist das größte meiner Ziele.

Wolkenwort

Im Schneidersitz auf dem Wohnzimmerboden wälzt Marvin Fotoalben.

Nach und nach legt er mir seine Lieblingsbilder vor.

Auf keinem einzigen wirkt Milena unglücklich, vielmehr strahlt ihr Gesicht und sie hängt ständig an ihrem Freund.

Es klingelt.

»Oh nein«, höre ich, als Marvin aus dem Fenster blickt.

»Da stehen ihre Eltern«.

Aus dem Gesagten im ›Bunker‹ erinnere ich, dass sie ihn nicht schätzen, er nicht standesgemäß ist und sie sich für ihre Tochter einen besseren Umgang gewünscht haben. Dessen ungeachtet sind es die Eltern, ihr Leid ist kein bisschen kleiner.

»Gib ihnen eine Chance zum Reden, bitte Marvin. Du musst über Deinen Schatten springen. Im besten Fall haben sie neue Informationen von der Polizei«.

»Du gibst Dir ernsthaft Mühe, Mo - und hast mich im Griff. Ich kann ihnen nicht ewig aus dem Weg gehen«.

Ich wälze mich auf dem großen flauschigen Teppich, während ich dem Gespräch in der Küche lausche.

Es wirkt entspannt und ruhig, weshalb ich mich im Hintergrund halte.

»Marvin, ich weiß, dass wir einen schlechten Start hatten. Meine Frau und ich haben hohe Leistung-Ideale und unsere Tochter hat nichts Besseres zu tun, als sie zu torpedieren. Wie vor den Kopf gestoßen waren wir, als sie von ihrem neuen Freund berichtet hat. Dass Du rumhängst und trinkst, war nicht das Schlimmste, wenn es unserem Weltbild auch entgegensteht. Dass Du uns nicht kennen-lernen wolltest, war Deine Entscheidung. Unserer Kleinen den Umgang mit uns zu verbieten, das trage ich Dir nach. Du passt nicht zu ihr«.

Die männliche Stimme wirkt sympathisch, was nicht über gesprochene Inhalte hinwegtäuscht, die mich wütend machen.

Herzenswärme, wie ich dieses heilige Gut bei diesem dominant auftretenden Mann vermisse.

»Wo steht geschrieben, dass ich ihr was bieten muss, um sie zu lieben? Dieses Gefühl ist wertvoller als ein dickes Bankkonto«, kontert Marvin. »Sie war es, die keinen Kontakt zu Euch wollte, ich habe sie in diese Richtung nie beeinflusst und ihre Wünsche respektiert«.

»Gibt es was Neues, irgendwelche Hinweise?«, nimmt die Frau die Brisanz aus dem verbalen Duell.

»Spanien. Milena soll sich dort mit einem Kilian aufhalten. Dass sie sich nicht zumindest bei Euch meldet, verwundert mich. Ich reise ihr nach und ich werde sie finden, versprochen«.

»Und ihr Leben weiter versauen«.

Der Alte kann nicht aufhören.

»Hör zu, ich weiß nicht, bei wem es sich um Kilian handelt. Meinen Segen haben die zwei. Alles Weitere überlässt Du ab sofort uns, versprichst Du es? Akzeptiere die Trennung und halte Dich in Zukunft fern von meinem Kind«.

»Und, wenn es das Letzte ist, was ich tue, ich suche nach ihr«.

Marvin schlägt auf den Tisch.

Sollte ich mich einmischen?

Was kann ich als Hund - ohne Eddy - erreichen?

Die Lage in der Küche entspannt sich.

Die Brisanz ist verflogen, als Marvin Kaffee reicht und sich für eine Weile zum Duschen entschuldigt.

Ich beginne zu träumen beim Blick aus dem Fenster.

Wolken, wie ich sie liebe. In jeder sehe und lese ich Zeichen.

Bis mir eiskalt ein Schauer über den Rücken läuft.

Während ich in der ersten Wolke ein ›M‹ erkenne und in der zweiten das Wort ›Mörder‹, vernehme ich aus der Küche die Stimme der Frau, die nach Milch verlangt, woraufhin ihr Mann den Kühlschrank öffnet.

Ich laufe zur Küche.

Wie erstarrt und kreideweiß im Gesicht halten sie in Plastik verpacktes Fleisch in den Händen.

»Milenas linke Hand«, stammelt der Mann.

Mich haben sie nicht registriert und ich schreie meine Fassungslosigkeit heraus.

»Marvin hat sie umgebracht. Wir müssen hier raus, schnell«.

Das Paar rennt zur Tür, dicht gefolgt von mir, bis mich jemand schnappt.

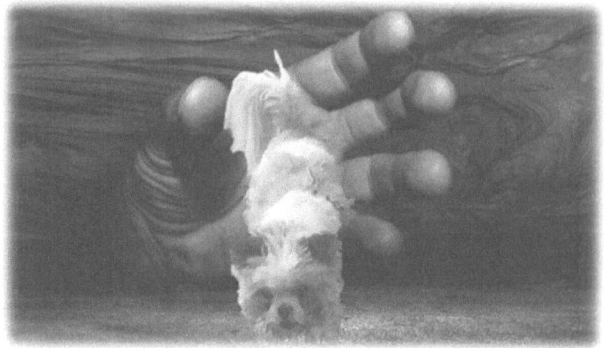

Wo bin ich?

In seiner Macht ...

Wo bin ich?

Ein quälender Lichtstrahl, der sticht, als wäre ich jahrelang dem Sonnenlicht entwichen.

Alles tut mir weh.

Es dauert gefühlt eine Ewigkeit, bis sich meine Augen an die ansonsten vorherrschende Dunkelheit gewöhnen.

Ängstlich schaue ich zu meinen Pfötchen, die noch vorhanden, aber nicht frei beweglich sind.

Mit Klebeband fixiert, fühle ich mich wie gelähmt.

Langsam kehren die Erinnerungen an Marvin zurück und an meine Entdeckung.

Die Wolke!

Hat sie mein Schicksal besiegelt?

Ich denke an Eddy und meine Frauchen, Tränen schießen mir in die Augen.

Ich werde sie nicht wiedersehen.

Kein Futter, kein Wasser, nichts liegt hier, was mich am Leben halten könnte.

Dieser Schweinehund, er hat alle belogen.

Wie konnte er uns dermaßen täuschen?

Hat er uns die ganze Palette von Gefühlen vorgespielt?

Seine traurigen Momente, seine Verzweiflung - wie viele Male sprach er von der großen Liebe zu Milena und wirkte lebensmüde und suizidgefährdet?

Kann ein Mensch so liebenswert wirken, während im Inneren ein Krieg tobt, den er zu gewinnen versucht?

Auf der einen Seite schnürt mir die Angst vor einem erneuten Aufeinandertreffen die Kehle zu, auf der anderen möchte ich ihn wachrütteln und in seiner Seele nach einem Funken Reue suchen.

Wird er mich umbringen?

Könnte ich nach draußen gucken, würde ich eine Wolke suchen.

Schlagartig geht die Tür auf.

»Na, Mo? Keine große Klappe mehr?«.

Seine Stimme wirkt verändert und versetzt mich in Panik.

»Machst Du mich bitte los, Marvin? Ich habe Schmerzen«.

Er lacht.

»Deine Schmerzen sind mein Wohlergehen. Ich habe Euch zum Schluss gehasst. Zwei nichtssagende Hunde, charakterlos und in keiner Weise liebenswert, die sich einbilden, aufdecken zu können, was die Kripobeamten mithilfe der modernsten Technik nicht geschafft haben. Eure Herangehensweise, das geheuchelte Interesse an mir und meinem Schicksal - ich möchte nachträglich kotzen«.

»Das war nicht geheuchelt«.

Ich schluchze und bekomme keine Luft.

»Hör auf zu flennen, Du ›Teppichratte‹. Mach ruhig den Fehler, der Milena zum Schlafen brachte. Meine Hände drücken gerne zu«.

Wie eingefroren sitze ich da und bewege mich nicht.

Bloß jetzt nicht sprechen und ihn gegen mich weiter aufbringen.

»Ob Du gut brennst?«.

Hat er mich das wirklich gefragt?

Als ich mir bewusst mache, dass ich nichts mehr zu verlieren habe, schreie ich ihn aus letzter Kraft an.

»Du Sadist, Du krankes Schwein. Wie armselig, dass Du Dich an einem gefesselten Hund vergehst. Meinst Du, Du tust mir was an, indem Du mich umbringst? Meine Familie leidet, aber ich bin befreit. Und das Leid anderer bekommst Du nicht mit. Was bringt Dir das Du bedauernswerte Kreatur?«.

»Bist Du irre, Mo, in Deiner aussichtslosen Situation noch die Schnauze aufzureißen? Das hat sich Milena nicht getraut«.

Milena - schießt es mir durch den Kopf.

Ich muss meine Strategie ändern.

»Sie muss Dich arg enttäuscht haben. Verständlich, dass Du Dich ihr entledigt hast. Ich mag Dich«.

»Hör auf, niemand tut das. Ich hasse Menschen; Hunde noch viel mehr«.

Er steckt sich eine Zigarette an.

Das Klicken des Feuerzeugs wirkt bedrohlich.

Mit einer Bierdose setzt er sich zu mir herunter, streichelt mir übers Fell, kippt Bier über mich und lacht laut los.

Was geht in ihm vor?

»Ich genieße es, wenn jemand Angst vor mir hat. Quälen ist das Tollste, was mir das Leben geschenkt hat«.

»Kannst Du meine Beine losmachen?«.

Es kostet mich große Überwindung, ihn um eine Gefälligkeit zu bitten.

»Passt zu Dir, Du Memme«.

Ich bin erleichtert bei seinem Entgegenkommen, werte es als Verständnis, bis sich Qualen wie Blitze durch meinen Körper ziehen.

Marvins geht extrem brutal vor, als er mir den Kleber mit einem Ruck entfernt und Kabelbinder aus der Tasche seiner Jeans zieht.

Ich kenne sie vom Heimwerken zu Hause und wusste nicht, wie schmerzhaft sie beim Zuziehen sind.

»Ich trinke noch meine Dosen leer und wehe, Du hältst nicht Deine Fresse. Nachher lasse ich Dich in Ruhe. Dich wird niemand hier finden. Suchen wird keiner nach Dir. Einen Quälgeist wie Dich loszuwerden ist für jeden ein Gewinn«.

Entkräftet und entmutigt sinke ich auf den Boden.

»Ich habe Durst«, wimmere ich.

»Noch ein Wort und Du trinkst meine acht Dosen auf Ex«.

Acht Dosen langes Martyrium?

Was macht er jetzt?

Wasser.

Für mich?

Zeitgleich schnippt ein Klappmesser auf.

Oh nein.

Mein letztes Trinken.

Entgegen meiner Befürchtung knipst er die Kabelbinder auf, streicht über meine Pfoten und guckt anders als zuvor.

»Das hilft bei der Durchblutung. Hier nimm, kleiner Knirps, trink. Da drüben findest Du was zu essen«.

Er zeigt zu einer Ecke mit Kissen.

Ein Arrangement, das an den Bunker erinnert, ansonsten ist nichts aus Stein.

Marvin - fraglich ob faktisch oder imaginär - im Moment auch nicht.

»Ich muss los. Mitnehmen kann ich Dich nicht, aber Dich laufen zu lassen ist die schlechtere Option. Du weißt zu viel. Erhole Dich, ich komme morgen zurück«.

Das ist nicht ein und derselbe Mensch.

Ich atme auf, als ich für mich bin, bis ich merke, wie einsam sich das anfühlt.

Zwei Seiten

Ich kann nicht auftreten, meine Hinterbeine schmerzen, als seien sie gebrochen.

Zerbrochen wie meine Seele.

Ich zittere vor Angst und Kälte.

Es ist stockdunkel, - der einzige Lichtstrahl hat sich verabschiedet.

Die erste Nacht meines Lebens, in der ich unsicher bin, ob ich einen neuen Tag erlebe.

Kontinuierlich muss ich brechen, habe mich eingenässt und mein Wasser ist aufgebraucht.

Ich kann nicht um Hilfe schreien. Draußen habe ich kein einziges Geräusch wahrgenommen und ich vermute, in einer verlassenen Gegend zu sein.

Eddy wird mich nicht finden, solche Kräfte besitzt der ›König der besten Ideen‹ nicht.

Wie finde ich einen Zugang zu Marvin, ohne ihn zu provozieren?

Erwartet er Verständnis für das Schreckliche, das er getan hat?

Würde er mir vertrauen, wenn ich ihm vorgaukele, am liebsten Eddy das anzutun, was er mit Milena getan hat?

Meine gute Idee macht mir Angst.

Am Ende übernimmt er das für mich.

Was von dem, was er uns erzählt hat, entspricht der Wahrheit?

Gibt es diese schreckliche Kindheit, die ihn geprägt hat?

Hat er Milena im Internet kennengelernt?

Hat er sie einen einzigen Moment geliebt?

Kann ein Mensch wie er überhaupt lieben?

Er spricht von seiner Abneigung gegenüber Hunden.

Ich schrecke hoch.

Flocke.

Musste er so viel ertragen wie ich?

Welchen Wahrheitsgehalt kann ich all seinen Beteuerungen beimessen?

Ich weiß, dass ich nicht mehr viele Chancen bekomme, hier lebend herauszukommen.

Ich benötige Zeit, um gefunden zu werden. Die größte Angst manifestiert sich, dass sie mir davonläuft.

Diese Unberechenbarkeit, sie steht mir im Weg.

Warum fand er vorhin seine Befriedigung, indem er mich quält, während er anschließend Sorge trägt, dass sich mein Körper erholt?

Was hat er vor mit mir?

Mit an Sicherheit grenzender Wahrscheinlichkeit wird in der Zwischenzeit nach ihm gesucht.

Milenas Eltern haben die Polizei eingeschaltet, wovon ich ausgehe. Sie müssen mitbekommen haben, wie Marvin mich schnappte, als sie die Wohnung des Irren verließen.

Um Himmels willen, wohin hat er mich verschleppt?

Ich muss lange geschlafen haben auf dem Weg hierher.

Sind wir noch in Deutschland?

Nach und nach kehren alle Erinnerungen zurück.

Marvin hat mich an seiner Wohnungstür gegriffen, im Anschluss war ich hier.

Und die Zeit dazwischen?

Betäubt und zusammengeschlagen.

So intensiv ich mich bemühe, ich komme gegen meine Müdigkeit nicht an. Das letzte Stück Kontrolle aufzugeben, fällt mir angesichts dieser ausweglosen Situation schwer. Auf diese Weise zu spüren, wie die Kraft nachlässt, tut weh.

Wer weckt mich da?

Er ist zurück, nicht Marvin, ich meine diesen kleinen Lichtstrahl.

Ein neuer Tag.

Mit ihm meine Verzweiflung, der ich mit großer Angst begegne. Ich muss bei allem inneren Widerstreben versuchen, Marvin näherzukommen.

Draußen höre ich Schritte und ohne nachzudenken, schreie ich um Hilfe.

Ein fataler Fehler.

Vor mir steht er wütender als je zuvor.

»Wer soll Dich hier finden, Du Mistvieh? Ich war gestern noch so gut zu Dir. Na warte«.

Wie von Sinnen prügelt er auf mich ein und drückt mir den Kehlkopf ein, bis ich aus dem Röcheln nicht mehr herauskomme.

Ist das mein Blut am Boden?

»Bitte erlöse mich Marvin. Ich möchte lieber tot sein«.

»Du bist nicht in der Position, Dir was zu wünschen. Verhungern, vorzugsweise Verdursten, wäre ein schöner Tod. Ich könnte eine Kamera aufstellen, um Dir beim Verenden zuzusehen. Der Mo, der bis zuletzt glaubte, der Größte zu sein. Ich lache mich mit tot«.

Mach es, denke ich, wenn das hieße, dass Du von mir gehst.

Eine neue Erfahrung, dass ich aufgebe, indes ertrage ich diesen Zustand nicht länger.

»Flocke, warum hast Du mich nicht gewarnt? Wir sind Hunde und wissen um den Wert jedes anderen Vierbeiners«, flüstere ich vor mich hin.

»Flocke? Das Weichei? Ich vergehe mich nicht an Lebewesen, die schwächer sind als ich. Deine Stärke macht mir Angst. Das war es, was ich Milena fernerhin nicht verzeihen konnte. Hatte ich ein Problem - zack, sie hatte die

passende Lösung. Ekelerregende Selbst-
überschätzung«.

Er spuckt vor mir auf den Boden.

»Schau auf das Blut, Mo. Es ist Deins. Ich prügele Dir Stück für Stück das Elixier heraus«.

»Ich bin schwächer als Eddy und Flocke, mit ziemlicher Sicherheit schwächer als jeder andere. Ich mochte Dich, Marvin, als Du von Deinem kaputten Leben gesprochen hast, weil es da jemanden gab, der dasselbe durch- gemacht hat wie ich«.

Bei dieser Gelegen- heit regen ihn meine Tränen nicht auf, im Gegenteil wirkt er interessiert an meiner Geschichte, als er erfährt, wie ich in die Fänge der ›Welpen- Mafia‹ geriet und welche traumatischen Erfahrungen bis heute mit Eingesperrt- und Ausgeliefert-Sein verbunden sind.

»Ich war dem Tod hundertmal näher als dem Leben Marvin. Gequält wurde ich zur Genüge. Wenn Du denkst, man gewöhnt sich nicht an eine miese Behandlung, liegst Du falsch. Bei allem Respekt für die Menschen, ich suchte die Schuld nicht einzig bei mir. Klassische Situation, dass ich konträr zur Selbstliebe an den Punkt gelangte, mich nicht wertzuschätzen.

In mir gab es nicht dieses Besondere, was von anderen geliebt wird. Ich denke, dass mein Leben bei der Geburt unter keinem guten Stern stand. Du beschimpfst mich und prügelst auf mich ein und jeder könnte Dich verstehen. Ab jetzt ertrage ich Dich und das, was Dich erfüllt. Du bist ein Opfer wie ich«.

Weint Marvin?

Sekundenlang herrscht hier Totenstille.

»Was mache ich mit Dir, Kleiner? Ich kann Dir das Fortlaufen nicht ermöglichen. Scheiße, ich weiß nicht weiter«.

Er vergräbt sein Gesicht in meinem Fell.

Jeder Millimeter schmerzt und ich bin bei dem Umschwenken von bestialisch-fies auf zugewandt-sensibel wie erstarrt.

Gibt es in Wirklichkeit zu seiner schwarzen eine helle Seite?

»Magst Du mir erzählen, warum Dich Milena enttäuscht hat?«.

Ich zittere bei meinem erneuten Versuch, mit ihm in Kontakt zu treten.

»Später Mo. Ich muss erst mal den Kopf frei kriegen. Ich hole Dir was zu essen und zu trinken«.

Mit einem Taschentuch wischt er mir das Blut von den sichtbaren Verletzungen.

Die anderen tun viel mehr weh.

Milena

Dieser stechende Blick von Marvin stürzt mich in ein unaushaltbares Gefühlschaos. Unversehrt komme ich hier nicht mehr heraus.

Er sitzt im Schneidersitz vor mir, hält keinen Blickkontakt und wirkt nervös.

Dass ich Durst habe, unterdrücke ich, nachdem es Marvin aggressiv gemacht hat, als ich vorhin so schnell trank, dass das Wasser auf den Boden lief.

Er schlug mit der Faust gegen die Zimmerwand und beschimpfte mich, als täte ich ihm was Unverzeihliches an.

Seit Stunden blicke ich runter, ratlos und überfragt, wie ich mich korrekt verhalte.

»Tut Dir nicht langsam der Nacken weh?«.

Es scheint ihn zu amüsieren, mich in dem jämmerlichen Zustand zu sehen, ohne dass er in der Lage ist, sich vorzustellen, was alles schmerzt.

Ich traue mich nicht, aufzuschauen, bis er meinen Kopf brutal hochzieht.

»Du wolltest wissen, was Milena mir angetan hat. Ich erzähle es Dir, unterbrich mich nicht, hörst Du?«.

Ich nicke.

»Sie ist eine tolle Frau, Mo, und ich fühlte mich gut aufgehoben vor den Unwägbarkeiten im Leben, wenn ich in ihrer Gegenwart jemand sein durfte«

»Ich denke, Du hast sie geliebt«.

Warum kann ich mich nicht zusammenreißen und mich zurückhalten?

Mein Gegenüber springt auf und reißt mich am Fell hoch. Er brüllt was Unverständliches und lässt mich aus großer Höhe auf den harten Boden fallen.

Habe ich in den letzten Tagen nicht hinreichend geblutet?

Erkennt er nicht die vielen Flecke an meinem Körper?

Ich kann nicht mehr aus eigener Kraft stehen und sinke zu Boden.

»Marvin? Ich liebe Dich trotz allem« bringe ich aufrichtig heraus, bis alles um mich schwarz wird.

»Hey, Mo. Komm zu mir zurück, nicht nur mit Deinem Körper. Bitte. Ich muss mit jemandem über Milena sprechen. Bitte höre mir zu«, vernehme ich, als komme es von weither.

Als ich meine Augen öffne, sehe ich sein verweintes Gesicht.

Was stimmt mit diesem Mann nicht?

Ich bringe ihn gegen mich auf, dass er mich am liebsten umbringen will, während er anschließend hier hockt, um mich weint und mich streichelt?

»Du bist zurück - bei mir. Nichts macht mich im Moment glücklicher. Es war Dein Kreislauf, denke ich«, redet er seine vorherigen Taten klein.

Geht das Drama jetzt in die nächste Runde?

»Komm, bitte lege Dich hier auf das weiche Kissen. Trinke - Du brauchst das jetzt«.

Wie fremdgesteuert reagiere ich, um ihn nicht erneut zu verärgern.

»Du musst mich ernst nehmen. Wenn ich Dir sage, keine Unterbrechung, meine ich KEINE. Kapierst Du das?«.

Zuvor spielte dieses stumme Zustimmen eine untergeordnete Rolle in meinem Leben.

»Diese Bitch hat mich ausgenutzt und belogen. Wie in ein Spinnennetz hat sie mich gezogen, als sie jemanden brauchte, um von der Familie wegzukommen. Schnell war ich genervt von ihrem Anspruch, mein Leben nach ihrem auszurichten. Sie wollte aufs Land ziehen und ich musste mich mit ihren Vorstellungen arrangieren. Sie lehnte meinen Alkoholkonsum ab, ich musste ihn einstellen. Sie wollte sich beruflich verwirklichen, meine

Wünsche spielten keine Rolle. Zahlreiche E-Mails vor unserem ersten Aufeinandertreffen, in denen ich meine Abneigung gegen Haustiere äußerte, hinderten sie nicht, diesen Köter anzuschleppen. Auf jeder Party musste ich gut gelaunt sein, weil ich ihr in ihren Augen ansonsten den Abend mutwillig versauen würde. Ehe ich sie kennenlernte, fühlte ich rein gar nichts, obwohl ich glaubte, Glück müsste man doch anfassen können. Diese letzte Hoffnung zerstörte sie, niemand sonst. Ich war ihre Marionette, kein Partner auf Augenhöhe. Um sie nicht zu verlieren, spielte ich nach ihren Regeln. Von Zeit zu Zeit war ich ihrer Meinung zufolge unartig, was sie abstrafte, indem ich ausquartiert wurde und in der Garage schlief. Sexuell lief nicht viel. Die paar Male zu Beginn waren ihr Plan, mich einzufangen, - später entschuldigte sie sich vermehrt mit schlechter Befindlichkeit. Sie wollte nach Spanien auswandern, was in mir Angst auslöste in einer Form, die ich nicht kannte. Ich kam ja nicht mal in meiner Heimat klar«.

Er holt tief Luft und das, was ich höre und mich sprachlos macht, weckt mein Mitgefühl für einen Typen, der mich totprügeln wollte.

»Mo? Hörst Du weiter zu?«.

Ich nicke und erfahre Dinge über Milena, die mich schockieren.

Mehrere Male habe sie ihn geschlagen und menschlich auf übelste Art degradiert. Dieses Abgewertet-Werden nahm Züge an, die nichts mehr mit Liebe zu tun gehabt hätten.

Ich lege ihm meine verletzte Pfote auf sein Herz und traue mich beileibe, ihn erneut zu unterbrechen.

»Das hier, was ich berühre und was Du noch besitzt, hat sie zerstört, stimmt's?«.

Er rastet nicht aus. Er ist es, der ›unfeindlich‹ still nickt.

»Gehasst habe ich sie nicht, Mo. In mir weckte sie den Wunsch, alles zu tun, was sie glücklich macht. Bis zu diesem verhängnisvollen Tag. Wir saßen beim Frühstück, als sie mir freudestrahlend von ›ihm‹ berichtete. Sie sei im Vergleich zu früher verliebter gewesen. Dieses Glück in ihren Augen zu sehen, es tat weh. Zu weh. Ich flehte sie an, bei mir zu bleiben, bis zu dem Moment, in dem sie mich als Loser bezeichnete, der es zu nichts bringen würde, ich sei für sie eine große Enttäuschung und ein Langweiler. Ich schaute auf das Brotmesser in meiner Hand. Geplant war es nicht, dass ich auf sie zustürmte und es ihr in die Brust rammte. Unzählige Stiche für jede Enttäuschung, für alle Verletzungen und Demütigungen. Ihre Schreie machten mich wahnsinnig und wie von Sinnen metzelte ich diese Frau ab, bis sie still war. Ich fühlte mich befreit. Sie war zuvor so stark, was ihr nicht half. Zur rechten Zeit war ich ihr überlegen. Das tat verdammt gut«.

Er lächelt selig wirkend vor sich hin, öffnet sich ein Bier, streichelt mich und erzählt Einzelheiten wie aus einem TV-Krimi.

Wie er Milena anfangs kühl auslagerte, um sie vermisst melden zu können.

Ihm sei in jedem Moment klar gewesen, dass die Ermittler in seinem Wohndomizil als Erstes nach Spuren suchen würden.

Als sich Verdachtsmomente gegen ihn nicht erhärteten und die These von einem Verbrechen aufgegeben und von einem Abtauchen ausgegangen wurde, habe er Milenas Leiche nach Hause geholt und ihren wunderschönen Körper fein säuberlich zerlegt.

»Zu guter Letzt hatte ich sie - in Teilen - bei mir. Unter keinen Umständen würde ich sie verlieren«.

Dieser Satz mit seinem Gesichtsausdruck lässt mich erschaudern.

Wahn?

Die nächsten Stunden werden zur Zerreiß-probe.

Diese Nähe, die Marvin zu mir sucht und mir viel abverlangt, beerdigt meine Idee, ihm gut zuzureden.

Zu nah, zu unberechenbar.

Wenn Milena war wie beschrieben, - warum hat er sich nicht aus der Verbindung gelöst?

Er erzählte liebevoll von den Großeltern, die er als Ersatz für Milenas Familie ansah.

Warum waren sie nicht bei ihm, um ihn zu stützen?

Eddy und ich sind ihnen nicht begegnet.

Gab es je diesen Lehrgang?

Wie kann man die Verantwortung für einen Hund übernehmen, um nicht an ihn zu denken bei einer etwaigen Neuorientierung?

Meine Gedanken überschlagen sich.

Milena hat ihr altes Leben verlassen, um mit Marvin neu anzufangen, um ihm mit Vorwürfen kleinzumachen?

Das alles passt **nicht** zusammen!

Das Schlimmste ist, dass ich das schreckliche Schicksal von Milena kenne und es nicht mit Eddy teilen kann.

Wir haben nach einer ›Leerstelle‹ auf diesem Planeten gesucht, nach einer Frau, die zwischenzeitlich zerlegt war und angeblich die Vorlage geboten hat.

Ich löse mich aus Marvins Umarmung.

»Du hast sie um ihr Leben betrogen, Marvin. So wie Du mir meins nehmen willst. Hast Du kein Gewissen? Ja, prügele wiederkehrend auf mich ein. Ich gewöhne mich langsam an Deinen Zerstörungstrieb. Willst Du mich zerlegen wie Milena? Ich stamme aus Tibet, bin ein ›Gesandter Buddhas‹. Dein Gewissen wird Dir keine Ruhe mehr gönnen. Das wird mein letzter Gruß an Dich sein - in jeder beschissenen Nacht, die Du nicht schlafen kannst«.

Anders als befürchtet hat er sich nach meinem letzten Wort noch im Griff.

»Mo? Ich erwarte kein Verständnis, mich schüchtert nichts mehr ein. Was bezweckt Ihr alle mit den Schikanen gegen meine Person? Nicht ich, Ihr seid lächerlich. Ich pfeife auf alle, die Geschütze auffahren und sich groß machen - auf meine Kosten. Ich bin nicht klein und lasse mich nicht drücken. Milena hat zu viele Fehler gemacht. Den letzten konnte ich ihr nicht verzeihen«.

Dieses inadäquate Lachen, weit entfernt von einem Lächeln, beweist mir die Schwere seiner Erkrankung.

»Du brauchst Hilfe, Marvin«.

Er hält sich den Bauch vor Lachen und nimmt einen großen Schluck Bier.

»Ich? Wer von uns ist hier gefangen? Mir ist egal, ob Du mich verstehst. Mit Deiner Meinung stehst Du auf keinem verlorenen Posten. Was, wenn Ihr Euch irrt?«.

Mich macht glücklich, dass ich mir keine Prügel einfange, denn jede weitere könnte die Letzte sein. Marvin torkelt durch den Raum.

»Ich habe geträumt von Dir, schrecklichster aller Shih Tzu. Du wolltest mich kaputtmachen.

In meinen Vorstellungen hatte ich ein Job-Angebot als Manager, bis Du eine heimliche Strategie verfolgt hast.

Weißt Du, wo wir sind?«.

»Nein«.

»Bingo. Andere werden Rätsel raten und kommen nicht auf Deinen Aufenthaltsort. Vertraue nicht auf das Unmögliche, dass sie Dich finden werden. Wir haben ab sofort viel Zeit für uns.

Friss das«.

Er schmeißt mir ein Stück Fleisch vor die Füße.

»Ehe Du selbst zu solch einem Happen wirst«.

Er verfolgt einen perfiden Plan in seinem Wahn.

Kontraste

Auf welche Weise er diesen Apfel vor mir schneidet, grenzt an eine neue Form des Wahnsinns.

Bei jeder Handbewegung mit dem Messer blickt er zu mir und grinst.

»Ich sollte Dich fragen, wie Du Dich fühlst. Wehe Du unterstellst mir Stimmenhören, bloß weil mir im Inneren was sagt, dass ich mich nicht mit Deinem Gefühlsleben auseinandersetzen soll. Mich interessiert nicht, was sich in Dir abspielt. Ich erinnere viele Momente, in denen Du mit Deinem abartigen Kumpel versucht hast, mir das Leben zu erklären. Ich urteile lieber und bin der, der entscheidet, in jeder Hinsicht. Dich so abhängig zu erleben, Deine Demut ist peinlich. Die Gesellschaft spielt verrückt, nicht ich. Weißt Du, was für

Szenen mir Milena gemacht hat, weil sie glaubte, dass ich entrückt bin?«.

Er isst den zerlegten Apfel und trinkt zu jedem Stück Bier.

Abartig.

Nicht die Art, mit der er vorgeht.

Dieses schmierige Lachen ist es, was mir ohne Schere die Krallen schärft.

Trotz allem bleibt er in der besseren Position.

»Marvin? Gab es glückliche Tage? Zumindest zu Beginn?«.

»Ja, wo denkst Du hin. Milena hat viel in meinem Leben bewegt. Rückblickend war ich jedoch derjenige, der gab. Muss ich dankbar sein, weil sich jemand mit mir beschäftigt? Ich brauche kein Mädchen, das mich anhimmelt, wahrlich nicht. Umgekehrt keines, das sich verwirklicht. Wie würdest Du Dich fühlen, wenn Du auf was Wert legst, was ein anderer belächelt?«.

»Meine Angst. Ich werde reichlich ausgelacht, Marvin. Ich brauche diese von mir gewählte Vorsicht vor etwaigen Gefahren«.

»Das meine ich nicht Blödmann. Sie hat mich benutzt. Unter einem von ihr initiierten ›Deckmantel Bewunderung‹ spielte sie mir vor, meine Fähigkeiten zu erkennen. Am Computer habe ich ihr Präsentationen ausgearbeitet, die sie in ihrem Job weiterbrachten. War sie außer Haus, war ich der perfekte ›Zuhause- und Ihr-Chaos-Vernichtend-Manager‹.

Große Bedeutung legte ich auf Sauberkeit, bis Milena mit dem Straßendreck alles zunichtemachte. Müssen Handtücher nicht wie abgemessen übereinander hängen? Ich denke ja. Ihr übermäßiges Duschen machte mich wahnsinnig. Bei jedem hörbaren Tropfen wollte ich ihr den Hals umdrehen. Streng genommen musste sie die Spuren ihres Fremdgehens verwischen. Es ist keine große Überraschung, dass ich sie eines Tages nackt aus der Dusche zog, um mir zu nehmen, was mir zustand«.

»Hast Du sie vergewaltigt?«.

»Wie böse sich das anhört. Freiwillig wollte sie nicht. Das Gefühl, dass ihr meine Dominanz gefiel, nahm eine Eigendynamik an. Siehst Du, es gab glückliche Tage. Im Bett waren wir nicht so weit voneinander entfernt als in anderen Lebensbereichen.

Als sie eines Tages mit dem Wunsch um die Ecke kam, sich mit ihrer Familie auszusöhnen, war endgültig Schluss.

Ich war es, der sie aufbaute, ihr ein Leben ohne Reichtum schmackhaft machte. Ich war der Mann, der sich für eine Frau den Bart rasierte, von sich wegging, um ihr zu gefallen. Dieses Fazit, das sie zog, dass sie sich verrannt hatte und sich ihr altes Leben zurücksehnte, war für mich weder zu tolerieren noch zu akzeptieren. Sie hatte alles, griff nach dem Falschen. Sie merkte nicht, wie es mich verletzte. Ehrlich, Mo, wie hättest Du reagiert? Was tut man, wenn einem ständig ein Tritt in die Magengegend versetzt wird?«.

»Warum hast Du es ihr nicht gesagt, wie mir heute?«.

»Einer Frau, die ab einem gewissen Punkt niemanden wahrnahm, außer sich?

Sie war nicht der Mensch, der sich empathisch einlassen konnte. Sie stellte sich in den Vordergrund, nicht mich. Die Aussage, sie bereue den Tag, an dem sie mich kennengelernt hatte, klingt bis heute nach. Ein einziges Mal hat sie mit mir freiwillig geschlafen. Es war bei unserem ersten Aufeinandertreffen. Womit hatte ich es verdient, dass ich mir alles Weitere erkämpfen musste? Ich war - wie sie und Du - wer. Ja, ich war wer. Es tut mir leid, dass ich Dir nicht beweisen kann, dass ich das zu schätzen weiß, dass jeder was Besonderes besitzt«.

Er lässt seine Schultern hängen und das Messer ist zur rechten Zeit nicht mehr in den Händen, die anderem Leid zufügen.

»Ich hatte ein Sandwich-Dasein. Sagt Dir das was? Du bist nicht das eine gewünschte Kind von Deinen Eltern, sondern hast Geschwister. Da gibt es den Bruder, der das tut, was Mama und Papa glücklich macht. Ich blieb auf der Strecke. Dieses Stück Sandwich, in dem ich steckte, wurde von Milena aufgefressen. Ist das der Sinn des Lebens?«.

Höchstwahrscheinlich verstehe ich den Sinn. Wenn ich mich außerstande sehe, zu folgen, liegt es an dieser ›Achterbahn der Gefühle‹.

Wie lange bin ich hier gefangen, wie viele Tage werden folgen?

Wie viel Zeit wird vergehen mit einschüchtern, der Übergriffe und der Ungewissheit, ob ich die, die ich liebe, wiedersehe?

Verschwinde Wolke

(›bitte verschwinde‹)

Seit geschätzt zwei Stunden läuft Marvin in ›meinem Gefängnis‹ auf und ab.

»Eines will mir nicht in den Kopf, Mo. Die Menschen sagen Euch Hunden nach, eine gute Nase zu besitzen, dieses besondere sensitive Gespür. Bezeichnen Euch nicht viele als außerordentliche Spürnasen? Wie konntest Du mein Geheimnis lüften? Milena ist konserviert, nichts bei mir zu Hause riecht nach ihr, nach Fleisch, geschweige nach Tod«.

»Ich kann Wolken lesen«.

Sein Lachen ist erneut von einem anderen Stern - nicht verrückt, vielmehr entrückt.

»Beherrschst Du was nicht? Du willst mir sagen, dass Milena Dir von einer Wolke zugewunken hat? Beileibe nicht. In der Hölle schmort sie, sie ist keine ›Himmelskandidatin‹. Ehrlich, wie kamst Du auf mich?«.

»In der Wolke stand ein ›M‹ für ›Marvin‹, in der nächsten vorbeiziehenden das Wort ›Mörder‹«.

»Hör her, Du bedauernswertes Wesen. Keiner nimmt mich hoch und Du wirst das letzte ›lebende Ding‹ sein, das mich aufregt, mit Deinem Übereifer, für alles eine Erklärung zu liefern«.

»Du hast seit Tagen einen Hals auf mich. Ich bin verantwortlich für das, was ich sage, nicht für das, was Du verstehst. Ich liebe Wolken und habe an einem traurigen Tag erstmals in ihnen mehr gesehen als wattiertes Weiß. Verständlich, dass Du mir nicht glaubst. Meine Familie tut es - wie Du - als Spinnerei ab«.

»Du bist ein Psycho, Mo. Wegsperren sollte man Dich«.

»Das hast Du ja übernommen. Von mir geht keine Gefahr aus. Langsam dürfte ich erfahren, wie es für mich weitergeht«.

»Guck in die Wolken«.

Mein Humor hält sich angesichts dieser anhaltend gefährlichen Situation in Grenzen.

Marvin öffnet die Tür.

Mittlerweile vertragen meine Augen kein Tageslicht mehr.

Er grinst, als er gen Himmel schaut.

»Du hast die Wahrheit gesagt. Eine riesige Wolke entscheidet über Dein Schicksal«.

»Ernsthaft? Liest Du es mir vor?«.

»Dort steht dreimal ein ›M‹. ›Marvin‹ und ›Mörder‹. Wofür steht das dritte ›M‹?«.

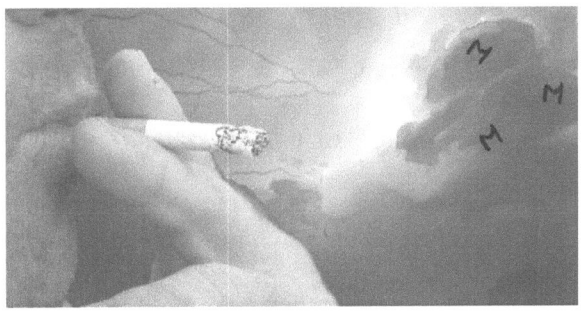

Sein Lachen geht durch Mark und Bein.

»Mache Dich nicht unglücklich«.

Mit leiser Stimme versuche ich ihn zum Abtauchen zu überreden. Noch ist es nicht zu spät.

»Da hört sich ja alles auf. Hältst Du mich für irre?«.

Jetzt bloß nicht antworten, besänftige ich mich und meinen Drang, permanent reagieren zu wollen.

»Die Polizei wird nach mir suchen. Eine Geisel, die von anderen geliebt wird, gäbe mir Sicherheit.

Wenn ich Dich so ansehe?

Keiner vermisst einen ›Scheiß-Tzu‹«.

Das hat gesessen.

Wenn er richtig liegt?

Ich denke an Tharge[4], der Mensch, dem ich als Erstes mein Herz geschenkt habe, seinerzeit in Tibet. Es kommt mir wie gestern vor.

Ein Buddhist, dem ich blind vertraue. Was täte er in meiner Lage?

Ich sehe ihn vor mir, wie er meditiert in dem großen lichtdurchfluteten Saal. Erblickte er mich, war es um seine Konzentration und das Fallenlassen geschehen. Erst grinste er, dann

---

[4] ›KRABUMMS‹ https://www.bod.de/buchshop/krabumms-sabine-grassy-9783753496061

ich, weil ich keine fünf Minuten später auf seinem Schoß saß.

»Aufhören, Böses zu tun, das Gute kultivieren, das Herz reinigen: Dies ist die Lehre der Buddhas« [5]

Ich habe das mehr zu mir als zu Marvin gesagt.

Dass ich ihn gegen mich aufbringe, merke ich, nachdem ich das letzte Wort ausgesprochen habe.

»Hör auf mit diesem Glaubens-Geschwafel. Buddha, ›Zeugen Jehovas‹ und viele andere fangen Menschen ein und berauben sie ihrer Autonomie. Alle ziehen eine große Show ab, merkt das keiner?«

»Ich habe durch ›meinen Buddha‹ überlebt, Marvin«.

»Schauen wir mal, ob er Dir aus diesem Versteck hilft. Ich kann Wolkenspiele viel tiefgründiger erkennen«.

Nochmals schaut er hoch.

---

[5] https://www.careelite.de/buddha-zitate-buddhismus-sprueche/

»In der einen dunklen Wolke erkenne ich mich, wie ich Dich hier heraustrage. Tot siehst Du viel schöner aus«.

»Dein schlimmster Feind kann Dir nicht so viel Schaden zufügen wie Deine eigenen unkontrollierten Gedanken«[6]

Im Angesicht dessen, was mir bevorsteht, habe ich jegliche Angst vor Marvin verloren und rede unverdrossen auf ihn ein.

»Es ist besser, sich selbst zu besiegen, als tausend Schlachten zu gewinnen«[7]

»Sei still, Du ätzende Töle«.

Marvin hält sich die Ohren zu und sinkt auf die Knie.

»Sei still, sofort«.

Dass ich es bin, bemerkt er, als er versuchsweise seine Hände von den Ohren weghält.

[6+7] https://www.careelite.de/buddha-zitate-buddhismus-sprueche/

»Augenscheinlich ertrage ich Dich schlechter als Milena, todeshungriger Mo. Ihr wollt mir das Leben erklären, das ich als Einziger beherrsche. Ihr intellektualisiert. Wozu? Angelesenes Wissen tötet Herzen und Eure Seele verkümmert. Das Schlimmste ist, dass ihr andere unbehelligt zerstört. Anfänglich war sie es, anschließend musstest Du nachtreten. Ohne Euch ist die Welt gesünder. Jede Hilfe kommt zu spät. Ich muss handeln, ehe Du Dir neue Opfer suchst. Morgen bereite ich Dir DEINEN TAG. Bis zu diesem grandiosen Moment kannst Du Dir überlegen, welche Methode des Auslöschens Dich erlösen soll.

Soll es schnell gehen?

Du könntest entgegengesetzt über Stunden ›Buddha‹ zitieren - hilft es Dir, wenn parallel das Leben langsam aus Dir weicht? Ich schicke die Einzelteile an Deine Familie. Gibt ja solche Kranken, die sich als Erinnerung ihr Haustier zusammenkleben, als sei es ausgestopft und bei ihnen«.

Laut lachend erhebt er sich und wünscht mir eine schöne letzte Nachtruhe.

Wann und wodurch hat Marvin diesen Schaden erlitten?

Einzig eine kaputte Kindheit erklärt sein Verhalten nicht.

Zitternd lege ich mich auf das Kissen.

Ich merke, wie mir die Tränen kommen.

Hier herauszukommen, in der Hinsicht bin ich chancenlos.

Wie ein Film läuft mein Leben vor mir ab.

Ich litt zeitlebens unter Verlustängsten, jetzt bin ich es, der alle zurücklässt.

Hat Milena gelitten wie ich?

Ich wünsche mir, dass es schneller für sie ging.

Es würde mich trösten zu wissen, dass sie keinen langen Leidensweg hatte, wenn ich seinen Worten glauben kann, dass es sich um eine Affekttat gehandelt hat.

Die letzten Tage haben mich ausgezehrt, müde und erschöpft fallen mir die brennenden Augen zu, bis ich laute Geräusche vor der Tür wahrnehme.

Befreiung

Diese Geräusche kann ich nicht deuten.

Ist es Marvin, der draußen alles vorbereitet für die nächste grausame Tat?

Anfangs konnte ich noch meine Schritte zählen, rüber zum Trinken, zurück zum Schlafplatz.

Seit Tagen ist mir das Laufen wegen starker Schmerzen nicht mehr möglich und ich harre aus mit einer fremden Angst, die mich fertig macht.

Ein Gefängnis, das schlimmer nicht sein könnte.

Schizophren, dass ich mich auf Marvin freue, weil ich dieses Alleinsein nicht ertrage.

Überraschend öffnet sich ›meine Falle‹ so unerwartet, wie sie sich geschlossen hatte.

Da steht ›**ER**‹.

Eddy?

Ich kann nicht glauben, dass er hier bei mir ist.

Hinter ihm sehe ich meine Frauchen und zwei Polizeibeamte.

Ihre Gesichter sind kreideweiß.

»Nein«, schreit eine meiner ›Mamas‹, »was hat er Dir angetan?«.

Weinend stürmt sie auf mich zu und will mich wie unzählige Male zuvor in ihre Arme schließen.

»Stopp, Mama, bitte nicht«.

Eine Mischung aus Angst, dass das Anfassen meine Schmerzen verstärkt und einer Panikattacke ob der Tatsache, dass zu schnell ›was‹ auf mich zukommt, lässt sie einen Schritt zurückweichen.

Dass ich hemmungslos zu weinen beginne, kann ich trotz aller Bemühungen nicht verhindern.

Hin- und hergerissen will ich mit aller Macht in mein altes Leben zurück.

»Mama? Versuchst Du es noch mal? Bitte langsam«.

Als ich später auf ihrem Arm liege und herausgetragen werde, halte ich das Tageslicht nicht aus. Blitzartig schießt die Sonne in meine Augen, die ich wie fremdgesteuert verschließe.

Alles wird gut!

Meine Abwehr gegen Tierärzte habe ich zumindest vorerst aufgegeben, obendrein meine Neugier, die mich zu ständig neuen ›Missionen‹ mit meinem Kumpel gedrängt hatte.

Die Untersuchungen sorgen für neue Schmerzen und die Diagnosen spiegeln das ganze Ausmaß des Dramas wider, in dem ich mich befand.

Zahlreiche Frakturen, die eine Indikation zu einer sofortigen Operation bieten, Dehydration, Mangelernährung und irgendein ›komisches Trauma‹.

Als die Ärztin mir ein Anästhetikum verabreichen und mich schlafen legen will, schreie ich auf.

»Neeeeeein!« hallt es durch diesen sterilen Raum.

»Ich werde nicht mehr aufwachen und mit der Aktion würdet Ihr Marvin einen Gefallen tun. Ich muss wach bleiben. Bitte operiert mich ohne Betäubung, schlimmer als Marvins Übergriffe wird es nicht mehr«.

Die Ärztin streichelt mich und verspricht mir, mir ein schmerzlinderndes Serum zu injizieren, worauf ich mich einlasse.

Warum werde ich so müde?

Bitte nicht auf meiner ›Zerstörungsliste‹ die Nächste, die mich schamlos belügt.

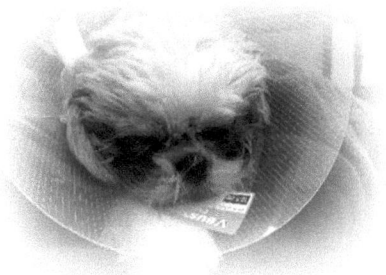

Als ich wach werde, schaue ich in Eddys Augen, - sie wirken so traurig und leer.

»Guck zu mir, Mo. Du bist zu Hause, wo Du hingehörst. Du solltest in der Klinik bleiben, uns indes war wichtig, dass Du in Deinem gewohnten Umfeld zur Ruhe kommst«.

War ich je glücklicher?

Befreit fühlend möchte ich aufstehen, bis ich das ganze Dilemma bemerke.

»Du kannst noch nicht alleine laufen. Soll ich unsere ›Mamas‹ holen?«.

»Noch nicht, meine Blase ist wie taub. Ich möchte zu zweit sein. Wer gab Euch den Tipp, wo ich gefangen gehalten wurde? Ich weiß noch immer nicht, was das für ein Versteck war«.

»Erinnerst Du Dich an die Geschichte von Ricky und diese kleine mysteriöse Hütte auf dem Campingplatz? Durch das Zukleistern der Wände und Fenster hattest Du keine Chance gehört zu werden«.

»In mir hat dieses dunkle Häuschen von Beginn an Furcht ausgelöst. Ich gebe zu, dass ich es rückblickend als angenehm betrachte, dass ich erst jetzt erfahre, wo ich mich befand und es zum Zeitpunkt der abgelaufenen drastischen Tage nicht wusste. Wie kamt ihr auf diesen Ort, den wir ein einziges Mal gesehen haben?«.

Eddy legt sich flach auf den Bauch, mit seinem Gesicht dicht vor meinem.

Er seufzt.

»Ich sah mein Leben bedroht, wenn ich Dich verliere. Du lobst mich in den Himmel und siehst mich als Vorbild kleiner Mo, zeitgleich bist Du es, der mir und allen was voraushat. Ich fragte mich, was Du in dem Fall tun würdest und erinnerte mich an Deine Fähigkeit,

›Wolken zu lesen‹. Ohne zu übertreiben, lag ich mehrere Stunden im Garten, meine Augen waren durch Tränenschleier verdeckt. In keiner Wolke konnte ich ein Wort erkennen, und ich verfluchte mich für dieses Unvermögen. Ich dachte an Tharge«.

»Hey, ich habe auch an ihn gedacht«, unterbreche ich meinen Freund, um mich anschließend zu entschuldigen.

»Bitte werde nicht wütend, Eddy, ich wollte Dir nicht ins Wort fallen«.

Ängstlich erwarte ich neue Sanktionen.

»Mo, was hat er aus Dir gemacht? Du wärst nicht Du, wenn Du keinen unterbrichst«.

Das Zittern in mir, das sich zuvor einstellte, nimmt sukzessive ab.

Reiche ich - entgegen Marvins Meinung - aus und bin gut, wie ich bin?

»Was hast Du gefühlt beim Gedanken an Tharge, Eddy?«.

»Ich dachte, dass Du ihn dringend wiedersehen musst und dass es an mir sei, Dich zu finden, um meinen Herzensfreund zu befreien, ehe es zu spät sein würde. Ich glaube, dass es der Moment war, in dem ich das ›Wolkenlesen‹ lernte. Den großen Wolken keine Beachtung schenkend, konzentrierte ich mich auf die kleinen, klein wie Du und viel größer als alle anderen. Ich identifizierte die Worte ›Ricky‹, ›Clara‹, ›70‹, ›Hütte‹, und dreimal ›M‹«.

»Dreimal ›M‹? Du hast dieselbe Wolke gelesen wie ›er‹. Marvin wollte mich umbringen, Eddy«.

»Ich weiß. Als ich ein neues ›M‹ erkannte, ein Viertes, las ich in der Botschaft ›morgen‹, woraufhin ich ins Haus lief, unsere Frauchen ansprang und alles möglich machte, bis sie mir glaubten. Ich muss überzeugt gewesen sein, weil sie umgehend die Polizei riefen, mit der wir Dich befreiten. Alles Weitere kennst Du«.

Zu keinem Zeitpunkt habe ich mich geliebter gefühlt und ich weiß, dass uns dieses schlimme Geschehen noch enger zusammenschweißt.

Erschütternd

Zuletzt finde ich zu einer ›gesunden‹ Ruhe. Warum traue ich mich nicht, die Augen zu schließen?

Schlafen gehörte zu meinen Berufungen.

Ich blicke zu Eddy.

›Das ist ja ein dicker Hund‹, würde jeder sprichwörtlich sagen, der ihn schnarchen hört, für mich ist es Seelenbalsam.

Ich bin zu Hause, in Sicherheit.

Warum fühlt es sich tief in mir nicht danach an?

Finde ich je zu mir zurück?

Mein Freund öffnet die Augen.

»Mo? Hast Du Schmerzen?«.

»Ich halte sie nicht aus«.

»Ich hole die ›Mamas‹, Du musst zum Arzt«.

»Nein, Eddy. Diese Wehwehchen meine ich nicht. Es tut hier drin weh – so doll«.

Ich zeige ihm die Stelle an meiner Brust, die von ihm und unseren Frauchen belegt war.

Der Druck jetzt gleicht einem Höllentrip.

»Du brauchst Zeit, Kleiner. Es war zu viel, was Du durchgemacht hast. Es wird, vertraue mir«.

»Wenn nicht? Ich weiß, Ihr tut mir nichts. Warum wage ich nicht den Schritt einzuschlafen, obwohl meine Augen tierisch brennen? Ich gebe die Kontrolle nicht aus den Pfoten«.

Eddy setzt sich auf und streichelt sanft an Stellen, die nicht von Verbandsmaterialien gepflastert sind.

»Ich muss nicht schlafen. Ich hoffe, dass sie das Schwein kriegen«.

»Er war - wie ich - ein Opfer, Eddy. Bisweilen tat er mir leid«.

»Weil Du nichts von dem weißt, was wir erfahren haben«.

Mein Kumpel zieht mit seiner Schnauze die Decke über meinen Körper, um mich zu wärmen.

»Marvin ist nicht der, für den er sich ausgegeben hat. Alle hat er getäuscht. Bleibe ruhig liegen, ich erzähle Dir seine wahre Geschichte«.

Was ich höre, macht mich sprachlos und ich bin froh ob der Tatsache, alles nicht gewusst zu haben im Angesicht der Todesdrohungen gegen mich.

»Wir haben viel mit den Eltern von Milena gesprochen. Seine ›Bunker-Beichte‹ war verlogen. Unsere Frauchen wollten Kontakt aufnehmen zu Familienangehörigen von Marvin. Du glaubst nicht, Mo, was zutage trat. Er war ein Teenager, wie kein anderer. Eine familiäre Vernachlässigung ließ sich nicht eruieren. Er war es, der die Familie terrorisierte und tyrannisierte. Früh neigte er zu Gewaltausbrüchen, was durch Alkohol und Drogen, als er elf Jahre alt war, ein Ausmaß annahm, dass sich seine Eltern Hilfe holten. Jugendamt, Familienhilfe, Therapien, nichts führte zu einem besseren Klima. Stattdessen wurden die Wutausbrüche von Marvin massiver und richteten sich unerwartet nicht mehr gegen Mobiliar. Er schlug seine Mutter und die kleineren Schwestern - an seinen Vater traute er sich nicht heran. Dieser war bedauerlicherweise zu schwach, sich gegen seinen Sohn auf die Seite seiner übrigen Familie zu stellen. Bis ein schwelender Streit eskalierte. Marvin sollte in ein Heim für schwer erziehbare Kinder, seine Mama hielt seine psychischen und physischen Misshandlungen nicht mehr aus. Als Marvin ein Gespräch belauschte, rastete er aus. Folgenschwer. In der Küche griff er nach einem großen Messer, lief ins Wohnzimmer, schrie seine Mutter an, bis er wie von Sinnen auf sie einstach. Wiederholt - vor den Augen seiner Geschwister und des unter Schock stehenden Vaters. Nach der grausamen Tat verließ er die Wohnung, lief zur Polizei und drehte das Familiendrama um. Er sei es, der jahrelang das ›schwarze Schaf‹ der Familie gewesen sei. Er habe täglich auf die Kleinen aufpassen und sich zurücknehmen müssen. Niemand sei für ihn da gewesen. Der Vater habe ihn geschlagen und tagelang in den Keller gesperrt, bis die Mutter ihrem Mann nacheiferte und explodierte. Sie habe ihn mit einem Messer bedroht.

Um sich zu wehren, habe er nach der Tatwaffe gegriffen und zugestochen. Es täte ihm leid. Jeder müsse nachempfinden können, wie er am Ende gewesen sei«.

Ich gucke zu Eddy und kann nicht glauben, was ich höre.

»Warum läuft er frei herum? Es war ein eiskalter Mord und berechnend«.

»Weißt Du, Mo, das ist nicht so leicht erklärt. Er war dreizehn Jahre und strafunmündig. Die Aussage von Notwehr hatte viel Wert. Das Jugendamt ordnete eine Unterbringung in einem Krankenhaus an«

»Krankenhaus? Er war nicht verletzt«.

»Eine jugendpsychiatrische Anstalt. Die Zustimmung des Vaters hat gefehlt. Er sah sich außerstande, den Rest der Familie zu zerstören, sodass ein Familiengericht einge-schaltet wurde. Es kam zu einem Urteil, dass unsere Frauchen nicht nachvollziehen können. Der vorsitzende Richter entschied die Heraus-nahme aus der Familie.

Marvin sollte in eine betreute Wohngruppe. Das war's«.

»Wie geht es der Familie heute?«.

»Der Vater ist ein gebrochener Mann. Er wie die Töchter können das Wort Hospitalisierung hinlänglicher erklären als das Leben. Sie haben mehr Zeit in Kliniken verbracht als in ihren Pflegefamilien, zu denen sie nach dem Unglück kamen. Der Vater sah sich nicht in der Lage, seine Kinder zu versorgen«.

»Marvin hat seine Familie zerstört«.

»Nicht nur die eigene. In der Folge ist er strafrechtlich in Erscheinung getreten durch Stalking und Körperverletzung. Er war auf Bewährung, als er sich Milena aussuchte«.

»Aussuchen? Du meinst wegen der Suche durch das Forum?«.

»Das war nicht gelogen. Beim Filzen seines Rechners hat sich der E-Mail-Verkehr bestätigt und es überraschte niemanden mehr, dass viel mehr zum Vorschein kam. Bleibe bitte liegen«, mahnt mich Eddy, als sich in mir eine größer werdende Unruhe einstellt. Dass ich dermaßen belogen wurde, versetzt mir nachhaltig einen

Stich. Darüber hinwegsehend, kuschele ich mich zurück ins Körbchen.

»Leg los mit der wahren ›Bunker-Beichte‹«.

»Milena kam mit ihrem Hund zum ersten und einzigen Treffen in den kleinen Ort, in dem das Schrecken seinen Anfang nahm. Du hörst richtig. Flocke gehörte vorher zu ihr. Einer Freundin schrieb sie am Abend über einen Messenger, dass sie Marvin skurril fände und er überhaupt nicht ihr Typ sei. Noch wisse sie nicht, wie sie ihm das sagen solle. Den Richard und das Seminar gab es. Die Ermittler gehen von einer speziellen Vorgeschichte aus. Von Milena kannte Marvin ihre Vorliebe für Spanien, wobei der Name Kilian gefallen sei. Die Polizei versucht zu rekonstruieren, was in den folgenden Tagen und Wochen passierte. Auf dem Rechner fanden sie gelöschte E-Mails, die an Milenas Eltern gingen, angeblich von der Tochter verfasst, in denen sie schrieb, nicht nach Hause kommen zu wollen. Sie habe ihre große Liebe kennengelernt und wolle vorerst kein Aufeinandertreffen. Vieles spricht für die These, dass Milena noch eine Weile gelebt hat, weil es viele Ungereimtheiten gibt.

Die Großeltern haben Marvin nicht kennengelernt.

Warum wurde Milena von der Kioskbesitzerin und der Nachbarin wiederholt gesehen?

Alles widerspricht sich.

Die Frauen werden seit Tagen verhört. Waren sie involviert?

Sind sie bedroht worden?

Hat Milena aus Angst nach außen ein Spiel gespielt?

Einen Umzug hat es nachweislich nicht gegeben, in dem kleinen Haus lebte Marvin zuvor mit einem WG-Partner, der bis heute nicht ausfindig gemacht werden konnte. Sein Bewährungshelfer bot wichtige Informationen zum psychischen Zustand seines zu Betreuenden. Schnell habe er gemerkt, welche Gefahr von ihm ausging und es war unverständlich und nicht nachzuvollziehen, dass eine Psychologin ihm eine gute Prognose bescheinigte.

Dieses Lächeln, wenn Marvin in allen Einzelheiten erzählt habe, wie er Hunde und Katzen anzünde und beim Verbrennen zuschaue und dieses Schreien und die Hilflosigkeit der in Flammen stehenden Tiere in ihm ein wohliges Gefühl freisetze, habe dem Bewährungshelfer stark zugesetzt.

Ihm sei ein hohes Aggressionspotential aufgefallen.

Und wir waren mit diesem Typen im Bunker, ihm ausgeliefert, weil niemand wusste, wo wir uns aufhielten«.

»Nicht einzig diese Tatsache, Eddy. Ich war gefangen, wie Milena. Heute wäre ich an der Reihe gewesen«.

Ich muss weinen.

»Wollte er mich anzünden und sich ergötzen an meinen Qualen?«.

»Ich mag nicht darüber nachdenken, Mo«.

Eddy wirkt traurig und aufgewühlt.

Mir fällt was ein.

»Sie hat Marvin diesen lieben Brief geschrieben«.

»Im schwarzen Umschlag, ich weiß. Dieser liegt zur Überprüfung beim Sachverständigen, einem Grafologen. Milenas Mutter zweifelt die Echtheit an, weil es keinen Unfall von Milenas Oma gegeben hat. Ergo habe keine Indikation für eine Bluttransfusion bestanden«.

Unsere Frauchen lehnen im Türrahmen.

»Mo, höre auf zu weinen, bitte. Er hat alle getäuscht. Wir haben mit ihm an einem Tisch gesessen und ihm jede Träne geglaubt. Flocke sah nicht nach Misshandlungen aus. Wer konnte den perfiden Plan erahnen, der durchorganisiert und gut vorbereitet war?

Dieser Gefrierschrankfund hat alle erschüttert. Ein junges Mädchen am Anfang ihres Lebens. Es ist so schrecklich.

Hat Dir Eddy das Drama mit Marvins Mutter erzählt?«.

Ich nicke.

»Ich wäre die nächste Nummer auf seiner Liste gewesen. Er hat mich gehasst«.

»Der Bewährungshelfer spricht von ›Hassliebe‹ zu seiner Mutter, später zu Milena und durch die ›Wanderung durch seine Seele‹, in der Du perfekt agierst, zu Dir. Wer in ihm kein Interesse weckte, musste nichts befürchten«.

Eine meiner ›Mamas‹ beugt sich zu mir herunter, streichelt und tröstet mich, bis ich mich aus der Umarmung winde.

Ich ertrage Nähe nicht mehr.

Wenn in Zukunft jemand kommt, der mich liebt, bis es in Hass umschlägt?

»Verzeihe mir, ›Mama‹. Am liebsten wäre ich tot. Guck, hier ist die Stelle an der es wehtut, als würde ich jeden Moment um- kippen. Das heilt nicht. Nie!«.

Ich weiß, dass hinter mir zwei Menschen und ein Hund heulen und leiden, als ich sie in dem Zimmer zurücklasse.

Ich halte niemanden aus.

Heute nicht, und was geschieht, wenn es in ferner Zukunft niemand mehr schafft an mich heranzukommen?

Was, wenn ich verloren bin?

›PTBS‹

Dieses ›posttraumatische Dingens‹ ...

Posttraumatische Belastungsstörung, wenn der Feind ausgeräumt ist?

Ich schiebe das beiseite.

Marvin sitzt in Untersuchungshaft.

Ein großer Fehler bescherte ihm die Festnahme.

Hat er geglaubt, klüger als alle anderen zu sein?

Clara, diese toughe alte Frau auf dem Campingplatz, war überrascht, Marvin ständig in der Nähe ihres Häuschens herumlungern zu sehen.

Als es ihr keine Ruhe mehr gelassen habe, sei sie ihm eines Abends gefolgt.

In der Nähe eines abgelegenen Teiches habe ein Zelt gestanden, in dem er verschwunden sei.

Warum die verständigte Polizei als einzige Option das Ordnungsamt eingeschaltet habe, sei ihr unverständlich.

Die Ordnungshüter hätten einen Verweis ausgesprochen, womit die Sache abgehakt gewesen sei.

Als Clara meine Rettung beobachtete, habe sie ihrem Ärger Luft gemacht, woraufhin die Polizei den ›ungewöhnlichen Zeltplatz‹ überprüft und den Mann festgenommen habe, der mehr als mein Leben zerstörte.

Clara erzählt uns bei einem ›Essen zum Danke-Sagen‹, dass Marvin um sich getreten und geschrien habe, dass ›dieser Mo krank‹ sei, er gehöre weggesperrt, nichts anderes habe er für das Allgemeinwohl getan.

Seinen Worten zufolge sei Milena unglücklich gestürzt und mit dem Kopf aufge-schlagen.

Sie sei sofort tot gewesen.

Er habe immens gelitten und sich ein Leben ohne sie nicht vorstellen können.

Aus diesem Grund habe er sie bei sich behalten.

Aus Angst, man würde sie ihm wegnehmen, habe er ihre Flucht inszeniert.

Er könne keinem Leid zufügen und gehöre rehabilitiert.

Eddy und ich blicken fassungslos zu den drei Erwachsenen.

»Ich bin ungelogen krank, fernab von Übertreibungen, zu denen ich Rasse-typisch neige«, gebe ich allen gegenüber unumwunden zu.

»Ich ertrage keine Geräusche mehr, vermeide zu schlafen und Nähe, die mir zuvor viel bedeutete. Nachrichten im Fernsehen sorgen für große Unruhe in mir. Von Zeit zu Zeit laufe ich auf und ab, ohne Ziel und grundlos. Worunter ich am meisten leide, ist das Gewahr-Werden, dass ich mein Urvertrauen eingebüßt habe. Ich müsste wissen, dass keiner hier zu Hause mir was antut. Warum schrecke ich auf, wenn einer auf mich zukommt? Meine Stimmung schwankt von einem Gefühl zum anderen, auf der einen Seite verloren zu sein, auf der anderen mich verlieren und aufgeben zu wollen«.

»Du hast viel durchgemacht, Mo«.

Clara steht auf und bei dem Versuch, mich zu streicheln, zucke ich zusammen und laufe weg aus ihrer Reichweite.

»Das meine ich. Ich erinnere keine Situation, in der mir eine Seniorin was getan hat. Warum steigere ich mich übermäßig hinein in eine ›Alarmglocken-Situation‹?«.

»Mein Fehler, wie töricht. Du hast vorhin darüber gesprochen und ich gehe unsensibel auf Dich zu. Es braucht Zeit. Du wirst Deine Ängste los, vertraue der Zeit«.

»Wer gibt Dir diese Gewissheit, die mir fehlt? Überall sehe, rieche und schmecke ich ›ihn‹. Vor meinem inneren Auge trägt er Teufelshörner, er lacht unaufhörlich und es bringt mich um den Verstand. Diese erlebte Hilflosigkeit, ich kann sie nicht abschütteln. Es ist wie dieses ›posttraumatische Dingens‹; kennst Du das Krankheitsbild?«.

Clara nickt und bringt sich in die Rolle eines Therapeuten.

»Du musst das aufarbeiten. Sprich darüber. Eddy wird Dir ein wichtiger Freund und Helfer sein«.

»Er kann nicht zaubern«, reagiere ich trotzig ob der offenkundigen Verständnislosigkeit.

»Ich kann Tagebuch führen und trete in letzter Instanz auf der Stelle«.

»Werde nicht unfair, Mo. Wir alle versuchen, Dir zu helfen«.

Eddy stört meine Ironie.

»Du brauchst nicht einen Beliebigen«.

»Siehst Du, ich bin verloren«.

»Im Moment stimmt das bedauerlicherweise. Für uns, aber nicht für Tharge«.

Als dieser Name fällt, wird mir wohlig warm ums Herz.

Der Mann, der mir in den ersten Lebenswochen in Tibet zur Seite stand und mich selbstlos gehen ließ, als er ahnte, dass auf mich in Deutschland ein besseres Leben wartet.

»Für Tharge bist Du nicht verloren«, bringt sich Eddy erneut ein.

»Ich kann ihn weder anrufen noch ihm schreiben«.

»Wir würden alles tun, um Dir zu helfen«, mischt sich meine ›Lieblings-Mama‹ ein.

»Deine emotionale Bedrohung ist zu gefährlich, als dass wir untätig herumsitzen. Dieser schwarze Fleck auf Deinem Herzen - Tharge wird ihn wegwischen«.

Eddy stupst mich an. »Ich habe in einer Wolke ein ›T‹ gelesen, ein zweites kam dazu, ebenso wie ein ›M‹ und ›Z‹«.

»Ein ›Z‹?«.

»Du darfst das Wolkenlesen nicht vernachlässigen, Kleiner. Das ›Z‹ steht für ›zeitnah‹«.

Lachend geht Eddy zu den Großen.

Als ich höre, wie sie unsere Reise nach Tibet planen, schlafe ich erstmals ein, ohne gegen meine Müdigkeit zu kämpfen.

Tharge, ich komme.

DANKE

Ich wähle diesen Weg des Danke-Sagens an die Bild-Autoren, die ihre Werke auf **Pixabay** zur Verfügung stellen, die ich fantastisch finde und mir als Foto-Laien helfen, dem Buch einen besonderen Schliff zu geben.
Eine tolle Arbeit, die Ihr macht.
Ein herzliches Wuff-Wuff von Eddy und Mo.

Bild von Dung Tran
https://pixabay.com/de/illustrations/blume-zweig-corolla-kranz-leasing-4865380/
Cover:
Bild von StockSnap auf Pixabay
https://pixabay.com/de/photos/kabine-landschaft-sturm-scheune-924958/
Seite 14
Bild von Gerd Altmann auf Pixabay
https://pixabay.com/de/photos/gesch%c3%a4ftsidee-planung-tafel-3683781/
Seite 21
Bild von Filip Kruchlik auf Pixabay

https://pixabay.com/de/photos/yorkshire-terrier-york-hund-790362/

Seite 25

Bild von PublicDomainPictures auf Pixabay

https://pixabay.com/de/photos/mann-m%c3%a4nner-menschen-gesicht-augen-164962/

Bild von Tobias Wahlqvist auf Pixabay

https://pixabay.com/de/photos/bunker-dunkel-untergeschoss-soprum-554239/

Seite 28

Bild von Peter H auf Pixabay

https://pixabay.com/de/photos/tunnel-bunker-gemauert-katakomben-1559289/

Seite 37

Bild von Tumisu auf Pixabay

https://pixabay.com/de/photos/h%c3%a4nde-silhouette-freiheit-5442013/

Seite 39

Bild von Dariusz Sankowski auf Pixabay

https://pixabay.com/de/photos/papier-herz-symbol-romantik-1100254/

Seite 50

Bild von Bruno /Germany auf Pixabay

https://pixabay.com/de/photos/pflaster-verband-rose-blume-bl%c3%bcte-3365702/

Seite 60

Bild von Anja auf Pixabay

https://pixabay.com/de/photos/frau-zug-zugabteil-abschied-trauer-3478437/

Seite 68

Bild von StockSnap auf Pixabay

https://pixabay.com/de/photos/kerl-mann-menschen-dunkel-schatten-2617866/

Bild von Rondell Melling auf Pixabay

https://pixabay.com/de/photos/m%c3%a4dchen-dame-frau-madame-model-1773907/

Seite 75

Bild von Stefan Keller auf Pixabay

https://pixabay.com/de/photos/maske-mundschutz-m%c3%a4dchen-5163617/

Bild von Rondell Melling auf Pixabay

https://pixabay.com/de/photos/m%c3%a4dchen-dame-frau-madame-model-1773907/

Seite 86

Bild von Myriams-Fotos auf Pixabay

https://pixabay.com/de/photos/h%c3%a4nde-offen-kerze-kerzenlicht-1926414/

Seite 88

Bild von Ulrike Mai auf Pixabay

https://pixabay.com/de/photos/frau-verzweifelt-traurig-tr%c3%a4nen-1006100/

Seite 94

Bild von Gerd Altmann auf Pixabay

https://pixabay.com/de/photos/frau-gesicht-psychose-kopf-h%c3%a4nde-565132/

Bild von Med Ahabchane auf Pixabay

https://pixabay.com/de/photos/kerl-mann-menschen-dunkel-schatten-4742077/

Seite 102

Bild von Orna Wachman auf Pixabay

https://pixabay.com/de/photos/frau-portr%c3%a4t-nahaufnahme-alten-4046664/

Bild von Pexels auf Pixabay

https://pixabay.com/de/photos/b%c3%bcro-schreibtisch-rechner-1834294/

Seite 104

Bild von StockSnap auf Pixabay

https://pixabay.com/de/photos/menschen-mann-kerl-bart-2572622/

Seite 106

Bild von freestocks-photos auf Pixabay

https://pixabay.com/de/photos/menschen-erwachsene-schwarz-und-wei%c3%9f-2942839/

Seite 112

Bild von Michael Schwarzenberger auf Pixabay

https://pixabay.com/de/photos/kisten-holzkisten-retro-transport-579930/

Seite 116

Bild von Gerd Altmann auf Pixabay

https://pixabay.com/de/photos/hand-schreiben-kugelschreiber-226358/

Seite 119

Bild von Sasin Tipchai auf Pixabay

https://pixabay.com/de/photos/m%c3%b6nch-buddha-statue-skulptur-1782432/

Seite 126

Bild von 建鹏 邵 auf Pixabay

https://pixabay.com/de/photos/einsam-mann-sitzung-ruhend-814631/

Bild von Ralph auf Pixabay

https://pixabay.com/de/photos/baumstamm-stamm-baum-holz-morsch-2656016/

Seite 128

Bild von annca auf Pixabay

https://pixabay.com/de/photos/steine-liebe-tr%c3%a4ume-hoffnung-sand-2780171/

Bild von 建鹏 邵 auf Pixabay

https://pixabay.com/de/photos/einsam-mann-sitzung-ruhend-814631/

Seite 133

Bild von Gerd Altmann auf Pixabay

https://pixabay.com/de/photos/mann-fenster-wolken-tr%c3%a4umen-blick-4321831/

Seite 134

Bild von Stefan Keller auf Pixabay

https://pixabay.com/de/photos/fantasy-surreal-kind-baby-hand-2695323/

Seite 141

Bild von Frank Winkler auf Pixabay

https://pixabay.com/de/photos/zimmer-leer-verlassen-fenster-540833/

Bild von dyskfirmowy0 auf Pixabay

https://pixabay.com/de/photos/kissen-marine-material-689877/

Bild von Luisella Planeta Leoni LOVE PEACE ♡🖤 auf Pixabay

https://pixabay.com/de/photos/sch%c3%bcsseln-beh%c3%a4lter-hunde-katzen-3474823/

Seite 142

Bild von Pexels auf Pixabay

https://pixabay.com/de/photos/mann-rauch-sitzen-sitzung-rauchen-1854175/

Seite 150

Bild von Gerd Altmann auf Pixabay

https://pixabay.com/de/photos/tafel-herz-spiel-vorbei-liebe-aus-1820678/

Seite 153

Bild von Gerd Altmann auf Pixabay

https://pixabay.com/de/photos/leiter-jenseits-wolken-himmel-2748333/

Seite 157

Bild von Gordon Johnson auf Pixabay

https://pixabay.com/de/vectors/psycho-mann-m%c3%a4nnlich-junge-mensch-2952528/

Seite 168

Bild von 0fjd125gk87 auf Pixabay

https://pixabay.com/de/photos/w%c3%b6lfe-wald-winterlich-einsamkeit-1341881/

Seite 171

Bild von WikimediaImages auf Pixabay

https://pixabay.com/de/photos/blitz-donner-gewitter-sturm-1056419/

Bild von Cheryl Holt auf Pixabay

https://pixabay.com/de/photos/rauchen-zigarette-mann-m%c3%a4nnlich-397599/

Seite 178

Bild von dre2uomaha0 auf Pixabay

https://pixabay.com/de/photos/staub-t%c3%bcr%c3%b6ffnung-t%c3%bcr-fenster-1523106/

Bild von Michaela auf Pixabay

https://pixabay.com/de/photos/herzen-pinsel-anstreichen-liebe-6963368/

Seite 184

Bild von Michaela auf Pixabay

https://pixabay.com/de/photos/wolke-herz-liebe-romantik-5055011/

Seite 185

Bild von robert1029 auf Pixabay

https://pixabay.com/de/photos/h%c3%bctte-wald-idylisch-holzh%c3%bctte-1267670/

Bild von Clker-Free-Vector-Images auf Pixabay

https://pixabay.com/de/vectors/wolke-wetter-regenfall-regenwolken-37011/

Seite 197

Bild von DreamPixer auf Pixabay

https://pixabay.com/de/photos/herz-herzschmerz-kummer-schnitte-2617924/

Seite 204

Bild von Karin Henseler auf Pixabay

https://pixabay.com/de/photos/buddhist-m%c3%b6nch-buddhismus-737275/

Seite 205

Bild von Sasin Tipchai auf Pixabay

https://pixabay.com/de/photos/feuerwerk-alt-asien-charme-birma-1822479/